Densha de

電車で

fushigina koto ni

不思議なことに

yoku sōgū shite,

よく遭遇して、

min'na kokizami ni

みんな小刻みに

furuemashita.

震えました

著 やーこ *Yāko*

イラスト 栖周 *Amane Sumi*

KADOKAWA

はじめに

本書を手に取って頂き、有難うございます。

本書は一貫して生暖かい瞳《め》で読んで頂ければ幸いである。

タイトルに「電車」と書いてある事に惹かれた方々は、一度内容を軽くご確認のうえで検討して頂ければ、火傷をせずに済む事と思われる。

「構わん」という方や、「知っていて今まさに手に取っている」「何となく読んでいる」という方々は、私の関節が許す限り頭を深々と下げお礼申し上げる。

楽しんで頂ければ幸いである。

ブックデザイン＝松田 剛、日野凌志
（Tokyo 100millibar Studio）
校閲＝鷗来堂
編集＝重藤歩美

もくじ

電車で不思議なことによく遭遇して、みんな小刻みに震えました

電車で赤子が泣き出して謝る母親を援護したら怖い目にあった話

電車の座席に座り半分寝ていると、ドア付近に立つ二人組の女子高生が静かに口論をし始めた。すると、私の向かい側に座っていた赤子が泣き出した。

赤子の母親が、謝りながら申し訳なさそうに子をあやしていると、その近くに座っていたオヤジが険しい表情をして見ていたので、念の為にその母子の援護に回る事にした。

「いえいえ、赤ちゃんですし」「私も皆も昔は赤ちゃんでしたし、大丈夫です」と、言おうとしたが、緊張のあまり合体し

「私も赤ちゃんなので、大丈夫です」

などと、精神的に全く大丈夫ではなさそうな発言をしてしまった。

生後２４０ヶ月の元気な赤ちゃんが電車内で産声を上げた瞬間であった。

スッと険しい顔のおじさんが顔を背けたのが視界の端に入った。

言い直そうとしたが母子と目を合わせる事に気まずさを覚え、私は視線をずらした。

その先に先程のオヤジがいた為

「赤ちゃんですよ？」

と、オヤジに語りかけているかのようになってしまった。

こちらとしては「だって赤ちゃんですよ、仕方ないですよねぇ」という意で言ったのだが、先程の発言のせいで己が赤ちゃんである事をオヤジにゴリ押すかのような物言いとなってしまった。

逃げ場のない空間で、己が赤ちゃんであると信じてやまない成人が目前《もくぜん》に現れれば、僧侶でもない限り精神を乱される事だろう。

赤ちゃんという可愛い媒体《ばいたい》を以《もっ》てしても隠しきれぬ不気味さが車両を包んだ。

どうか怖がらないでほしい。

私に意見の押し付けをされたオヤジは、身体を震わせながら先程よりも傾斜角を増して再び顔を逸らせた。

しばらく見つめたが、意地でも目を合わさぬ様子であった。

赤子は泣き、母親は固まり、オヤジは必死で私という存在を視界から消そうとしている。

人混みの中で感じる孤独とはこの事かと、いたく思い知った。

私の羞恥心が限界を迎えようとしている。

このままでは、生後２４０ヶ月の私の嗚咽《おえつ》が電車内に響き渡り、この不気味な展開に更なる拍車を掛ける事だろう。

席を移動しようと立ち上がると、赤子と目が合った。「立つ鳥跡を濁《にご》さず」と思い、最後の力を振り絞り笑顔で赤子に両手を振ろうとした。


その時、電車が動いた。

急な揺れに母子に向けた私の笑顔は大きく横へぶれた。

顔の方向だけが固定されたまま、横歩きで忙《せわ》しないステップを刻み続け、私の身体は車両の端へと流されていった。

口が×印の例のウサギが、歩行中に足元に威嚇射撃を乱射されればこのような動きを見せる事だろう。しかも、顔は例のウサギのような無の表情ではなく謎に笑顔である。

私は足を止める事ができず、そのまま側で口論をしていた女子高生達の前を通過した。

先程まで互いに「あんた頭おかしいんじゃないの」などと言い合っていたが、今はそれを遥かに上回る頭のおかしそうな奴が奇怪な動きで視界を横切っている。


その狂気に満ちた佇《たたず》まいに、一人は飲み物が気管に入り奇声を発して咳き込み、もう一人はそれを見て大変狼狽《うろた》えていた。

一部始終を見ていた見知らぬオヤジと赤子の母の抑え込んでいた感情はついに決壊した。

もし、公共の場で赤子の声に心を乱された時は、思い出してほしい。

赤子の声がたとえ耳をつんざこうとも、自分を赤子だと思い込み例のウサギの走りで車両を駆け巡る不審者よりは、遥かに安心感に溢れる事を。

スマホの調子が悪くなり調べてもらいに行ったら恐ろしい事になっていた話

最近調子が悪いとは思っていたが、ついにスマホのＳｉｒｉが私を無視するようになった。

絶望的な気持ちになりながら朝早くにショップへ行くと、店員に怒鳴っている客がいた。

私がカウンターに案内されると「他のお客様もいますので、お声を少々落として……」と、その客に対応していた店員が気を遣ったが為に、客の怒りがこちらに飛び火し、凄まじい剣幕で「何かアンタに迷惑かけてるっていうの⁉」と、こちらへ捲《ま》くし立ててきた。

私は火に油を注がぬよう慎重に言葉を選びＳｉｒｉが反応しない事を伝え、早急に対応してもらえるよう協力してほしいと伝える事にした。

しかし、私の「Ｓｉｒｉ」のイントネーションがおかしいが為に

「私の尻の調子が悪いので、どうかご協力頂けますか？」

と、唐突に尻の不調を訴え、初対面の客に協力を要請する不気味な事態となった。

客は数秒停止した後《のち》
「尻が何ですって？」
と、訊ねてきたので、私は
「絶望的な状態です」
と、答えた。
この瞬間、私は周辺の者に絶望的な尻を持つ者として認識された事に違いない。
そのうえに「昨日から話しかけても返事をしてくれなくなったんです」などと言葉を続けた為に、尻よりも頭の方が絶望的である事態へと発展した。

返事などする筈がないと言う客に対し、私は
「恐らく気がついていないだけです。呼びかけるとちゃんと返事をしてくれます」
と、他にも明日の天気や、近隣の店など様々な情報を教えてくれる旨を真剣に語った。
Ｓｉｒｉについて説明するごとに、博識な尻を持つ頭のおかしい奴になってゆくという恐ろしい事態に陥っている。

しまいには、年配の女性なのでＳｉｒｉを知らない可能性があると思い、親切心から
「絶対に返事しますので、ちょっと出してみてください」
などと、スマホを出すよう要求した為、客は尻を出せと言われたと思い、身の危険を感じる事となった。

「何でお尻を……」

と、その客が言葉を漏らした事により、ようやく私は己の愚行に気がついた。

先程まであんなにも元気に店員に怒りをぶつけていた客は、今や怯えた目をしている。

今までの言動を遅ればせながら省《かえり》みると、どう考えても警察沙汰であった。

大変な事になったと店員達に顔を向けると、彼らは下を向き震えていた。

特に怒鳴られていた店員は、吹き出そうものなら客の逆鱗に触れる恐れがある為、忍者が自らに痛みを与え眠気に抗うように、自分の腕を強い力で鷲掴みにし耐えていた。

もはや証拠を見せる他ない。

私はＳｉｒｉが反応しない事など頭から飛び、必死に起動させようとした為
「ヘイ、尻！ヘイ！ヘイ！尻」

と、軽快に尻に語りかける陽気な不審者と化した。

せめて、あの時Ｓｉｒｉが返事をしてくれていたならば結果は違ったのだろうか。

客はとにかくこの場を去り、頭のおかしい奴から離れようと思ったのだろう。

「こんな酷い店にはいられない。他のちゃんとした店に行かせてもらうわ！」

などと、名探偵が居る中で発言しようものなら間違いなく明日《あす》の朝陽を拝めぬであろうセリフを発し、荷物をまとめ始めた。

私は「こんな酷い店」に自分も含まれていないか不安になった。

去り際に
「アナタ達の事は本社に全部報告しますからね」

と、吐き捨て出ていった。

アナタ「達」という事は、やはり高確率で私も含まれている。

店員への苦情と共に「頭と尻に深刻な問題を抱えた不気味な客が店で野放しにされていた」と報告されるのだろうか。


この後も非常に気まずい時間が流れた事は想像に容易《たやす》い事だろう。

私の担当の店員は、Ｓｉｒｉだと分かっていたが間に入る事ができず申し訳なかったと謝罪した。

怒鳴られていた店員は、奇妙な声を漏らしながら奥へ下がり、その後出てくる様子は無かった。

怒鳴られた事により悔し涙を流しているのではと心配になり、こちらの事は一先《ひとま》ずいいのでと伝え様子を窺《うかが》ってもらったが
「ある意味泣いてますが大丈夫です」

と、帰ってきた。

自宅前に置いていた物で怪我をしたと言われ急いで玄関を開けた末路の話

自宅玄関内で、木材で地蔵の頭部を制作しているとインターホンが鳴った。

私は忙しいので無視を決め込んだ。

すると今度は怒声が響いた。インターホンを押した者が、丁度訪ねて来た友人をこの家の者だと勘違いし、家の前に置きっぱなしにされていたゴミ捨て網に足を取られて擦りむいたと、一方的に苦情を申し立てているようであった。

哀《あい》すべき事件であるが友人は関係ないうえに、我が家の網は今私の目の前にあり冤罪《えんざい》である為、私は急いでドアを開け間に入った。

勢いよくドアが開くと同時に、今朝玄関に誤ってぶちまけた姉の置き土産の香水が漂い、花束を抱える可憐な乙女が連想される甘美な香りがオヤジと友人の鼻孔をくすぐった。

しかし、実際オヤジと友人の目に映ったものは、地蔵の頭部を抱え、首元にタオルを巻き涎を垂れ流している、即席の赤子のようなスタイルの不気味な者の姿であった。

赤子の玩具にしては、地蔵の頭部は些か身に余るのではないだろうか。

しかし、歯科医院で少々大掛かりな処置をし、私の口元の右半分が麻酔により麻痺していた為、このような風貌を余儀なくされていた。

それ故に、新規の来客には無視を決め込みたいところであったが、友人の危機ならば致し方ない。

思ったより勢いよくドアを開いてしまった為、感じが悪かったのではないかと懸念し、私は慌てて笑顔を向けた。

しかし、後《のち》に鏡で再現してみたが、動かしにくい口角を大げさに吊り上げたその様は、既に人間を三人程食していそうな人相となっていた。

そんな己の風貌など知らぬ私は、何の疑いも抱かずに自分が人の笑顔を保っていると信じ、挨拶を交わした。しかし、口が上手く回らぬ為

「オォンマンヲォオオ！」

と、不気味な鳴き声を発した。

因みに「こんばんは」と申したつもりである。

はっきりと発音しようとした私の努力が後半の声量を上げ、より恐怖は煽られた。

風貌も相まり、もはや私の挨拶は自ら縄張りに入ってきた獲物に歓喜する化け物の雄叫びに等しい。

この状態で良い香りがしたところで何の癒しにもならぬどころか、むしろ不気味さが加速するのは何故であろうか。

この頃には自身でも化け物の自覚があった為、身振り手振りでその網は我が家の物ではないと伝えようとしたが、その際に私の手に持っていた地蔵の頭部は手から滑り落ち、オヤジの足元へ転がった。

不器用な私の手によって制作された歪《いびつ》な笑顔の地蔵は、オヤジを見上げる形となった。

オヤジは地蔵と見つめ合ったまま黙った。

私の意思とは裏腹に、全てが不気味な方向へ転じてしまった。

互いの精神がこれ以上削れる前に、証拠として玄関にある我が家の網をお見せし、お帰り頂く事にした。

私は固まる友人とオヤジを背に、一度家の中に戻り、網を掴み再び外へ出た。

しかし、此処《ここ》で私に客観的に物事を見る目が足りぬ為、誤算が生じた。

オヤジは網の鎖が引きずられる音に鼓膜を揺らした後《のち》、異常に口角を上げた笑顔で唾液を溢れさせる者が人を覆える程の巨大な網を引きずり近づいてくる様を目にした。

明らかに身の危険を感じる光景となってしまった。

オヤジは逃げた。

擦りむいたという所は大丈夫なのであろうか。

友人には予め歯科医院に行った旨を話していたが、此処《ここ》まで酷いとは思っていなかったのか硬直していた。

事前情報がなければ、何らかの中毒を疑い然《しか》るべき機関に通報しているところであったと語っているので、何事にも事前連絡は必要である。

今回は本当に勘違いでインターホンを押されたが、このように怪我をしたと誘《おび》き出すパターンの犯罪もそのうちに出てきそうである。

ご近所トラブルになりかねぬので、危ない物はすぐさましまう事をおすすめする。

オオンマンンオオ

電車で突然声を荒らげた男性に驚き目を合わせてしまい大変な事になった話

電車のドアの窓から外を眺めていると、イヤホンで何かを聞いていたオヤジがいきなり声を荒らげた。

思わず声の出所を確認してしまった為に目が合ってしまい、オヤジは

「なに睨んでんだよ！」

と、こちらに向かい声を発した。

睨んだつもりなど毛頭無いが、確かに現在進行形でオヤジと私の目は合っている。

しかしながら、何か誤解が生じているようなので、決してオヤジを睨んでもいなければ、敵意も無い事を伝えようとしたところ、その全てが集約され

「おじさんを、見つめてます」

と、オヤジに熱視線を注ぐ気持ち悪い奴になってしまった。

確かに敵意がない旨は伝わったが、それと同時にオヤジの中に妙な胸騒ぎが生じた事だろう。

オヤジは一瞬言葉に詰まったが

「マスクのまま話すなんて無礼だろ、外せ」

と、申してきた。

当時はコロナ前であり、そのようなマナーなど聞いた事も無いが、そんなにも花粉に苦しむ私の顔を見たがる者も珍しいので、リクエストにお応えしてマスクを外した。

その瞬間、中国の戦国時代を舞台とした漫画「キン◯ダム」の唇の厚い例の将軍が車両に現れた。

分からぬ者は「この漫画のタイトル　くちびる」と検索すれば一発で出てくるので、見て頂ければ分かりやすい事だろう。

昼寝をしている間に顔に落書きを施され、私は非常に大きく迫力のある唇を持つ者となっていた。

しかし、歯医者の予約時間が近づき急いで家から出た為に、私は己の身に何が起こっているか知る由もなかった。

車両は騒《ざわ》めいた。

まさかマスクの下に天下の大将軍が潜んでいるなどと、誰が想像できただろうか。

私は敵意が無い事を示す為、オヤジに微笑みかけた。

乗客達は将軍が微笑むのを見た。


私の脳内では優しく微笑んだつもりであったが、迫力溢れる厚い唇と自前の凛々しい眉から、戦《いくさ》の中で生きる猛々しい将軍の笑顔がオヤジを包んだ。

オヤジは俯《うつむ》き静かになった。

ついでに周りも静かになった。

何も知らぬ私は、オヤジが分かってくれて良かった、笑顔は時に人の心を解《ほぐ》すのだと安心し、再び窓に向き直り外の景色を眺めた。


しかし、トンネルに入った瞬間美しい景色は暗転し、窓に将軍の顔が浮かび上がった。


思わず変な声が出た。

オヤジは笑顔によって心を解《ほぐ》されるどころか、私の顔に若干脅されていた事が判明した。

私は突然の将軍に狼狽《うろた》えどうしたら良いか分からず、とりあえずオヤジの方へ再び視線を向けた。

オヤジはすぐさま私から目を逸らした。

ヤバいやつと目が合ってしまったという顔をしている。

他の乗客も皆、私と目を合わせようとはしなかった。

力を持つが故の将軍の孤独を垣間見た気がした。

再びマスクをつけようとしたところ紐が切れてしまい、私は将軍から降格する手立てを失った。

藁にも縋る思いでオヤジに代えのマスクなどあればくれぬかと訊ねたが、迫りくる迫力溢れる将軍を前にし、言葉を失っているようであった。

不憫に思った他の乗客の女性がマスクを一枚手渡してくれたが、私と目が合った瞬間顔を背け、マスクを持つ手だけをこちらに伸ばした。

この女性も、まさか現代で将軍に物品を献上する日が来ようとは思わなかった事だろう。

あれから、何かの拍子に例の漫画の将軍を見かけると、私は妙な親近感を覚えるようになった。

コンビニで酷い目にあった話

知人が個人経営しているコンビニを手伝い、レジ奥の部屋で休憩をしていると、突然怒気を含んだ声が聞こえた。

様子を覗《のぞ》くと「話の分かる奴を呼んでこい」と、客のオヤジがレジに居るアルバイトの木村に怒りをぶつけ、店員を呼び出すボタンを押した。

私は木村を援護しようと部屋を出たが、足を一歩踏み出したその先に何故か蝉がおり、私に踏まれまいと足元で暴れ出した。

もはや個人的には木村どころではない。

私は床で旋回《せんかい》する蝉を必死に避け続けた。

その結果、オヤジと木村は蝉が暴れ回る中、突然真顔でサンバのリズムを刻む不気味な店員を目にする事となった。

「話の分かる者」を呼び出す為にボタンは押された筈であるのに、明らかに話の通じなそうな店員が奥から出てきてしまった。


オヤジの目に不安の色が窺《うかが》えた。

私は蝉の旋回《せんかい》を汗を滲《にじ》ませながらも必死に抜けた。

そして「客優先」という当店のポリシーを尊重し、まずはオヤジと話し合おうと心を落ち着かせ向かい合った。

その瞬間、蝉がこちらに向かい飛んできた。


危機的状況であったが、私は奇跡的に蝉を両手で包むようにキャッチする事に成功した。

しかし蝉は尚も私の手中で「ジジジジジ」と暴れており、「となりのト○ロ」の幼女が暴れ狂う黒い球体を捕獲したような状態となった。

両手は塞がってはいるものの、私は勤務を全うしようと先の怒声の理由をオヤジから伺《うかが》う事にしたが、蝉の動向に気を取られ
「どうなされた？」

などと、現代ではあまり聞かぬ古《いにしえ》の口語となってしまった。

オヤジは、蝉を両手で包む汗にまみれた武士に語りかけられるという奇抜な擬似体験をした。

妙に重みのある接客となってしまった。
オヤジはしばらく黙った後に
「いいから、早く外に出して来なさい」
と、口を開いた。
どことなく何かを諦めたかのような、どこか力無い声であった。
私はお言葉に甘えさせて頂き、コンビニのドアを開け蝉を外に放つ事にした。

しかし放虫した瞬間、あろう事か蝉はＵターンを決め込み店内へと戻っていった。

更に、何故か外にいた他の活きの良い蝉までもが私の耳元を横切り、入店を果たす事態となった。


蝉が増えてしまった。

店内は客と木村の悲鳴が響きパニックとなった。

虫が苦手な木村は半泣きである。


オヤジと私は共通の目的を持ち最初の蝉を捕獲したが、後から来店した蝉は店内の時計にしがみつき捕獲できなかった。

オヤジと私と木村は、黙って時計の蝉を見つめた。

背に腹は代えられぬと私は店で売っている虫取り網を購入する事にし、オヤジにそれを受け渡した。

蝉を片手にオヤジに頑張れと声援を送る最中《さなか》、今度は休憩を終えた店長が蛾と共に外から店に入ってきた。

店長は、半泣きの木村と蝉を持つ私、更に一見すると時計を網で捕獲しようとしているように見える怪しいオヤジが目に入った。

どうして自分の店には変な者ばかり来るのだろうか。

そして、何故あのオヤジはうちの店の時計を網で捕獲しようとしているのだろうか。

店長は一人心の中で嘆いた。

その後、蝉は二匹とも羽も無事であり外にお帰り頂いた。

店長は、ハ〇ーキティのリボンの要領で頭にわりと大きめの蛾がとまっていた為、悲鳴を上げる木村に蝉と共に今一度追い出される事となった。

因みに、木村はその後ヤモリにも襲われた。

猫の病院で後悔した話

暇を持て余しスネ毛の数を数えていたところ、玄関にサツマイモが届いているから家に入れておいてくれと母から電話があった。

起きたばかりで頭頂部の髪が潰れ、ザビエルの両サイドが進化したような土星を思わせる髪型であったが、芋をしまうくらいならと扉を開けると、直に置かれた大量のサツマイモの中心に芋に紛れて巨大な猫が佇《たたず》んでいた。

見れば動物病院に貼られていた迷い猫の特徴と一致していた。

保護しなければと思い屈んだところ、猫は何故か私の背中に登頂を果たした。

その日、動物病院に患者はおらず、看護師達は和やかに受付に座っていた。

看護師がふと外を見ると、限りなく四足歩行に近い中腰のザビエルが、すり足で平和な院内に向かい徐々に近づいている不穏な光景が視界に入った。

布教に失敗したのだろうか。

受付に一瞬にして戦慄が走ったという。

自宅玄関でも幾《いく》ばくか努力したが、背中に乗った猫はセーターにしっかりと爪を食い込ませ剥がれなかった。

本来ならば病院に事前に一報入れたいところであったが、スマホは室内にあり、下手にして怪我をさせてしまうよりは目と鼻の先にある動物病院へ行った方が良いと判断した。しかし、なまざらしの猫を背に抱え許可なく院内に入る訳にもいかず、インターホンを押したところ、中で怯えた目をしていた看護師が私である事に気がつき恐る恐る外に出てきた。

その瞬間、看護師は私の背中の巨大な猫と目が合い、猫の存在に気がついた。

何かを無理やり抑えたような震え声で、とりあえず院内へ入る事を許された。

診察室へ通されると、奥のスタッフルームから

「先生……先生……心した方が……」

という、話し声が聞こえた。

獣医師は診察室へ入り猫と私を見た瞬間

「……どうして……？」

と、言葉を漏らした。

「猫が剥がれないんです」

と答えると、獣医師は「失礼」と一言発した後《のち》に、背を向け呼吸を整える作業に入った。

獣医師が深呼吸し、気合いを入れ直したのを合図に、中腰のザビエルを囲み背中に張り付いた猫を剥がす作業が開始された。

しかし、猫は片手を離せば片手をまたセーターへとする為に作業は難航した。

挙句の果てには
「おんもんもん……」

と、謎の言語を喋り始めた為、我々の集中力は非常に欠かれた。

「おんもんもん……」については和訳はできなかったが、猫が不服である事だけは伝わった。

そんな最中《さなか》、看護師が急に私の足に着目し
「足、どうしたんですか？」

と、心配をし始めた。

何事かと思ったところ、先程スネ毛の毛根を数える際に、重複してカウントせぬよう赤ペンで丸く囲んでいた事が思い出された。

「まさか保護する際に怪我を……」

と、私のスネ毛の重複防止について皆が心を砕き始めた。

スネ毛を数えていたなどとは言い出しづらい雰囲気であった。

何故暇だからといって、私はそのような事をしてしまったのだろうか。

ついには、治療が施されそうになったので
「これはスネ毛を数えていた名残りです」

と、英語の例文には間違っても出てこないであろう言葉で白状する事となった。


「何故そんな不毛な事を……？」

と、獣医師が震え問う中、私の代わりに猫が
「おんもんもん…」

と、答えた。

もう嫌だコイツらと思った事だろう。


その後、猫は無事に飼い主の元へ帰った。

子供が学校の指導を守った結果、酷い目にあった話

音楽のテストで隣の者とペアを組み、「勇気一つを友にして」というイカロスの歌を歌う事となった。

授業の席は男女が隣同士である為、おのずと高音と低音に分かれ歌っていたが、私は地声が低く緊張すると更に低音を極める為、どちらも低い歌声となった。

そして、不幸な事に互いに歌は得意ではなかった。

我々の低く音程も定まらぬ歌声により、低空飛行の情緒不安定なイカロスが飛び立った。

せめてピアノの伴奏でもあれば、若干この惨劇を薄められたかもしれぬが、アカペラであった為に我々も聴かされているクラスメイト達も逃げ場がなかった。

クラスの者達が耐えている。此処《ここ》で噴き出しては失礼だと思ったのだろう。

しかし、明らかに震えている事に我々は気がついていた。

その時、扉の覗《のぞ》き窓からこちらを覗《のぞ》く担任の顔が視界に入った。

おそらく、何らかの用事で通りかかり、音楽室から聴こえる我々の呻《うめ》き声に酷似した歌声に何事かと思ったのだろう。

歌の息継ぎが下手な私が酸素を失いつつある中、担任と目が合ってしまった。

歌声と必死の形相があまりにも合いすぎているその光景は、さぞかし衝撃的なものであったのだろう。

担任は見てはいけないものを見た心情と、子供の心を傷つけてはならぬという優しさから か、急いでその身を屈め姿を隠した。

しかし、その際にドアに身体がぶつかったのか大きな音が鳴り響き、我々の歌声が怪奇現象を招いたかのようになってしまった。

ついに耐えきれなくなったクラスメイトが一人、噴き出し声を漏らした。

彼のその笑い声は、林〇パー子をホラーテイストにしたようなものであり、不気味さが更に加速した。

しかも、イカロスの蝋の翼が溶け、落ちて命を失ったタイミングで彼の我慢が決壊し
「ハーーーハァッ！」

と、パー子の高笑いが響いた為、パー子によって撃ち落とされたかのような印象を与えた。

イカロスの墜落と共に、クラスメイト達も堕ちた。

彼らはよく耐えたと思う。

怪奇音、高笑い、級友達の酸素を求め苦しむ声、教室は一瞬にして惨劇と化した。


共に歌った隣の者の精神状態が心配である。

これに傷ついてしまったらどうしようかと非常に責任を感じ、私は彼の表情を窺《うかが》った。

なんなら彼も今にも噴き出しそうであった。

そして、先程の担任に続き、彼は私と目が合ってしまった。

何故歌を歌う時は、目と口を大きく開くよう指導されるのだろうか。

忠実に教えを守っている私の顔面が視界に登場した事により、彼の声は水中で発した声のように震え始めた。

撃ち落とされたイカロスが川にでも落ちたのだろうか。

音楽教師の指導が今、善良な生徒とイカロスを苦しめている。

歌が終わると我々は疲れ果て、一時異例の休憩が取られた。

授業後、我々の歌を聴かされていた友人が
「一生懸命に歌ってたのに、ごめん」
と、声をかけてきた。

私は「気にする事はない」と、返事の代わりに再びイカロスの歌を歌ったが、友人は逃げだした。

その先で足を滑らせた為、報復のようになってしまった。

HAHAHAHA

夜道で男に背後を取られ危険な目にあった話

犬が夜道でも安全なよう七色に光を発する首輪を友人から貰ったが、犬が装着を拒否した為、私が首に付けて散歩する事となった。

しかし、接触が悪いのか首輪は点滅した後《のち》、早々に光を失ってしまった。

犬のトイレ袋を忘れ、犬を自宅に戻した後《のち》に回収しに行き帰宅しようと振り向くと、男が私の後方に立っていた。男は下半身のチャックを開け、己の身体の一部を露出させていた。

最近また露出狂が出ると近所で囁かれていたので「ついに出会ってしまった」という意で言葉を発したが

「ついに会えた……」

と、生き別れた兄弟との感動の再会のようになってしまった。

数秒停止した後、露出狂は「……え？」と言葉を漏らした。

その瞬間、私の首輪が再び光を取り戻し輝き始めた。

接触がこのタイミングで戻ってしまった。

露出狂を目前《もくぜん》に、満を持して光りだしたようになってしまった。

露出狂は酷く狼狽《うろた》えた顔をした。

今や不気味な者を見る目で露出狂に見られているが、決して私の一存で光っている訳ではない。

私は一先《ひとま》ず「落ち着きましょう」と声をかけたが、七色に発光する視覚的に一番落ち着きのない者に言われたところで説得力が生じる事はなかった。

この男が何かのっぴきならない理由で露出をしている可能性も加味し、まず危害を加える気はない、話をしようではないかと言葉を発し近づいた。

しかし、首輪により顔面が下から七色に照らされているうえに、謎に笑顔で犬の糞をとる金具を片手に詰め寄る様は、露出狂の精神に得《え》も言《い》われぬ恐怖を芽生えさせた。

露出狂の顔は凄まじい速さで恐怖に染まっていった。

私が怖がる必要はないと示す為に発言した

「悪いようにはしないですから」

という言葉が仇となり、露出狂は逃げだした。

しかし、露出狂の足取りがおぼつかない。酒に酔っているかのようであった。

このままでは転倒し頭を強打してしまうかもしれない。

すると、前方を近所の正義感の強いオヤジがこちらに向かい歩いていた。

私はオヤジに、この男が露出狂であり、尚且つ足取りが危ないので捕らえてほしいと応援要請を試みたが、オヤジの目には決死の表情で逃げ惑うちょい出しの露出狂と

「出てますよ！出てますよ！危険ですよぉ！」

などと、叫びながら七色に顔を発光させ走り迫る、正気の沙汰とは思えぬ者が映しだされた。

これが私が今出せる限りの応援要請であったが、露出狂のチャックが開いている事に気がつかなければ、私の方が危険度が遥かに高く見える事態となった。

前方の正義感の強いオヤジが顔見知りであった為に事なきを得たが、此処《ここ》が知らぬ土地であったら真っ先に私が捕らえられていた可能性すら浮上している。

露出狂は捕まった。

やはり酒に酔っていたのか呆気なく捕まった。

これから私とオヤジと露出狂の、警察署での長い夜が始まる事だろう。

蝉声《せんせい》の響く薄暗い夜道の中、私の顔だけが七色に照らされていた。

逃げ場のない電車内で追いかけ回される形となった話

私が電車に乗った瞬間、乗客達が騒《ざわ》ついたのを感じた。

何事かと思っていると、薄紫の縞模様をぴたりと全身に纏《まと》うオヤジがポップに私の視界を横切っていった。

その瞬間、私はこの雰囲気の原因を察知した。

奇しくも、その日に私が着ていた服は濃い紫の縞模様であった。

図らずしてお揃いのようになってしまった。

乗客達は、意識的にオヤジに注意を払っていたところ、電車のドアが開いた瞬間に更なる同系色の縞模様が現れ「増えるのかよ」と戦慄が走った事だろう。

車両に奇抜な色の縞模様が二人になってしまった。

オヤジが無駄に車両の端から端へ彷徨《さまよ》い歩く為、乗客達は車両を変えづらい様子であった。

せめて私は大人しいタイプの縞模様でいようと心に決め、ドア付近に静かに佇《たたず》んだ。

しかし、オヤジはこちらの存在を認識したのか、私の前で歩みを止め、その眼差しをこちらに注いだ。

私は野生動物を撮影する際の、草木に擬態するカメラマンの緊張感をその時理解した。

オヤジはこちらを観察した後《のち》

「同じ模様……」

と、呟いた。

私はコミュニケーションにより状況が好転するかもしれぬと思い返事をしたが

「オナジ……モヨウ……」

と、人の言語を練習中の猿人のような返事しかできず、僅《わず》か一ターンで会話は終了した。

私は己の社交性の欠如が浮き彫りとなり地味にダメージを受けた。

真顔で見つめ合う奇抜な縞模様のポップなオヤジと猿人という、海外の不気味な絵本の一ページにありそうな光景になってしまった。

一番近くに座る善良なオヤジが肩を震わせ始めている。

ふと隣の車両の座席が空いたのが見えたので、「では」と一声かけて車両を移る事にした。

しかし、縞模様のオヤジは私の後をついてきた。

街中でよく見かける鳩が鳩を競歩で追い回す光景が、今このオヤジにより再現されている。

しかし、先程からオヤジが往復しつつも車両を変えなかった事から、ただ再び闊歩《かっぽ》し始めただけであり隣の車両にいかぬと予測し、私は連絡通路の扉を開くと同時にオヤジに心の中で別れを告げた。

しかし、その時オヤジの歴史は動いた。

オヤジは此処《ここ》にきて初めて車両を超えた。

オヤジが己の殻を打ち破った瞬間であった。

しかも、ドアを開けると両脇の席を迫力溢れる輩《やから》が陣取り音楽を流していた。

オヤジもこれには怯むであろうと高《たか》を括《くく》り、迫力溢れる輩《やから》の中央を足速に通過したが、オヤジも堂々と私の後に続いた。

一体何がこのオヤジを突き動かすのだろうか。輩《やから》は先程まで何かを喋っていたが、突如競歩のボーダーブラザーズが出現した事により「え？」という声を最後に沈黙した。

しかし、もう少しのところで私の目当ての席に人が座ってしまった。

何となく気恥ずかしくなり、元来た道を戻る羽目となった。

その際、私とオヤジは表情が無のままランウェイのようにすれ違った為、酒を飲み過ぎた日のファッションデザイナーの悪夢に出てきそうな不気味なパリコレと化した。

周りが何も言わぬところを見ると、模様が同じであり共に行動しているが故に、私とオヤジが仲間である線を捨てきれなかったのだろう。

再び扉を開き最初の車両へ戻ると、先程の震えていた善良なオヤジと目が合った。

善良なオヤジに再び悪夢が訪れた。

隣の車両にボーダーブラザーズが移動した事で、もう出会う事はないと油断していたのだろう。

目的の駅まではまだ遠い。

我々の乗車は、まだ始まったばかりである。

家に警官が来て危なかった話

父の誕生日に父の顔がプリントされたＴシャツを贈ろうと、制作会社に画像を送り依頼したところ、添付画像を誤り近所のオヤジの顔がプリントされたＴシャツが届いた。

父に贈る訳にもいかず、かといって近所のオヤジに「あなたの顔のＴシャツです」などと何の前触れもなく押し付ける訳にもいかず、Ｔシャツはその行き場を無くした。

その後、長雨により洗濯物を溜め込みすぎ、近所のオヤジＴシャツはあれど長袖の服が無いという危機を迎えた。

半袖で震えながら部屋中を探し回ったところ、昔父が買ったサンタの衣装が出てきたので、それで凌ぐ事にした。

しかし部屋は寒く、激しく動き回る事で暖をとっていると、友人から美味しい唐揚げを作ったのでお裾分けすると電話が入った。

私は舞い上がり、唐揚げの到着を玄関で待機し、インターホンが鳴るや否やすぐさま扉を開けた。

しかし、そこには友人の姿はなく警官が立っていた。

警官もまさか民家から妙に汗で湿ったサンタが出てくるとは思わなかった事だろう。

私も玄関を開けたら警官が立っているなどとは思わなかった。

互いが互いの存在の認識に少々時間を要した。

しかも私は扉を開ける際に、完全に友人だと思い込んでいた為に、友人のあだ名の

「オポポーイ」

と、割と大声で発していた。

どこの言語なのだろうか。

オポポイという四文字のイントネーションのみで会話を成立させてきそうな雰囲気を漂わせてしまった。

警官の巡回が我が家で終わりを遂げかねぬ事態である。

せめてサンタの上着だけでも脱げば、ズボンが派手な一般人として受け入れられるのではないかと思い、私は警官を刺激せぬよう見つめ合ったまま上着を脱いだ。

しかし、サンタの薄皮を剥いだ事により、例の近所のオヤジの顔のパーツのみがプリントされている不気味なTシャツが全貌を露わにした。
この頃にはすっかり部屋着として馴染んでいた為に着ていた事を失念していた。

まだサンタの方がマシであった。
私は何か言わねばと思い、言葉を探したが
「これ、近所のオヤジの顔なんですよ」
と、何故かTシャツのオヤジの紹介をする事となった。
警官は気を遣い声を震わせながらも
「……仲が……よろしいんですね」
と、こちらに歩み寄ってくれたが、反射的に
「このオヤジとは殆ど会話した事はない」と、正直に答えてしまい再び沈黙が訪れた。

何故特に面識もない近所のオヤジを前面に主張しているのだろうか。
警官は
「そうですか……」
と、小さく返事をした。

しばらく警官が何かを飲み込む為の時間が流れた。

気を取り直した警官は「最近、不審な人が目撃されているのですが……」と、言葉を続けたが、今まさに目前《もくぜん》に近所のオヤジの顔を纏《まと》った不審な者が佇《たたず》んでいる。

不審者情報を不審者に告げるという奇妙な絵面となった。

帰り際

「気をつけてくださいね」

と、警官は声を震わせながら言い残した。

「不審者に気をつけてください」

という意なのか

「その格好でひとたび外を歩けば即座に職質対象となるので気をつけてください」

の意であったのか、判断に悩む言葉であった。

オポポイはその間、外で一連の流れを見ていた。

警官は何とか自我を保ち我が家から去ろうとしたが、方向転換した先に謎の外国人が大量の唐揚げを持って待機している様を目にした。

その日、私は警官が奇声を発するのを初めて見た。

オヤジの顔を纏《まと》う者、大量の唐揚げを持ってうろつく者と、碌《ろく》な者がいないと思った事だろう。

因みにオポポイは風貌こそは中東の風を感じさせるが、日本生まれであり外国語は一切話せない。

あだ名の由来は「ａｐｐｌｅ」を「ｏｐｏｐｏｌ」と書いた事による。

ハロウィンイベント後に怖い思いをした話

地域のハロウィンイベントの帰り道、中年女性向けの衣服屋の前を掃除をしていた店長のマダムの手元が狂い、私は全身ずぶ濡れとなった。

マダムは一度閉めた店を開け、いくつかの服を出すと、どれでも着ていってくれと言った。お言葉に甘え試着室で着替えていると、何やら穏やかでない声が響き始めた。後《のち》に知った事だが、服を購入した客が訪れ「自分に合っていなかった」と返品を要望され断っている状況であった。客が「試着室もないのにおかしい」と声を荒らげ、マダムが

「試着室は、あそこにあるじゃないですか」

と、指を差したその時、私は丁度試着室のカーテンを開いた。

シャッという小気味良い音と共に、マダムと客の目には、アフロに星形のメガネを装着している全身薔薇模様の不審者が映った。

しかも、閉店しているとアピールする為、レジ付近と試着室のみ明かりを灯《とも》していたので、それらが奇しくもスポットライトの役目を果たしていた。

最悪のタイミングで登場を果たしてしまった。

いっそのこと極限まで派手にし、ハロウィンで装着していたアフロと星メガネで顔を隠せば仮装として許されるのではないだろうかという私の浅はかな作戦が、完全に裏目に出た瞬間であった。

もはや自己主張の権化のような佇《たたず》まいであった。

私はこの時は「試着室もないくせに」という怒声のみを拾っていた為、試着室を待《ま》ち侘《わ》びて怒鳴り散らしたのかと勘違いし、反射的に謝罪の言葉を述べた。

しかし、「ごめんなさい」と「すみません」が混ざり

「ゴメス……」

と、登場と共に「我が名はゴメス」と己の名を囁いているようになってしまった。

その時、私のアフロ内に、近所で飼われているゴメスという名の犬が過《よぎ》った。

ゴメスは近所の犬の名であったと冗談まじりに場を和ませようとしたが

「ゴメスはワンちゃんね！」

と、自分の事をプードルの類《たぐ》いか何かだと思っている犬人間と成り果てた。

私は客に歩みを寄せた。

とんでもなくダンスが上手そうなアフロが、暗がりの中を一歩一歩と距離を詰めてくる。

もはや恐怖映像であった。

客はこちらを見つめたまま後退し、レジに尻をぶつけた。


しかし、距離が縮まったところで、私は店のハンガーラックに足を取られ盛大に転倒した。

その際にアフロは外れ、客の方に転がった。

客は相当驚いたのか
「頭が!!」

と、悲鳴を上げた。

アフロが離脱しただけであり頭は外れていない。

試着室が空いたのでどうぞと勧めたが、濡れた服が置きっぱなしである為、取りに行こうと思い
「私と奥へ行きましょう」

と、述べると、客の表情の引きつりが最高峰を迎えた。

今となって冷静に考えると、私でも同じ状況ならば行くなら一人が良い。

間違ってもゴメスに同行された状態で試着室に入りたくはない。

全身薔薇模様にされかねぬ事態である。

客は「もういい！」と言いながら店を出た。

しかし、返品したがっていた服をレジに忘れていた為、客は薔薇柄のアフロに追われるはめとなった。


近くに交番があり、逃げる客と追う薔薇模様のアフロが警官の視界に入った。

「気になるかもしれないけれど、気にしないでください」

が途中までしか言えず
「気になるゥ〜」

と、言いながら前方を通過する頭のおかしいアフロとなった。

警官も見逃す訳にはいかず我々を止めた。

事情を話すとすぐさま解放されたが、警官がハロウィンの渋谷でもないのによく分からぬ光景を見せられたのだと思うと、大変申し訳のない気持ちになった。

気いーはねぅ

ファミリーレストランで とんでもない光景を見てしまい 言葉を失った話

ファミリーレストランでフライドチキンを注文した。

美味しいが生前は屈強な鳥であったのか歯応えが強く苦戦していると、隣のボックス席のオヤジが店員に怒り始めた。

私と同じ料理を注文したというのに、後から注文した私の噛み切れぬチキンが先に来た為、不満を抱いているようであった。

オヤジは自分のチキンが来た際に店員を呼び止め、苦情を申そうとこちらを指差した。

しかし、私と目が合った瞬間、オヤジの言葉は途中で途絶えた。

何故このオヤジは私を見て止まっているのだろうかと疑問を抱いていると、鏡張りの壁に映る自分の姿が視界に入った。

そこには肉が食いちぎれぬ為に、我が子を喰らうサトゥルヌスと化した私が映っていた。

「ファミリー」を謳《うた》う店には、決して出てきてはならぬ者が出てしまった。

オヤジも衝撃を受けていたが、私も己の形相に衝撃を受けた。

私は動揺し
「あ、どうぞ続けてください」

と、オヤジと店員に言葉を発した。

しかし、言葉通り続ければ、店員は再びオヤジの怒りに晒される運命にある事に気がついた。

計らずも店員を裏切ってしまった。

店員は突然のサトゥルヌスに既にもう駄目そうであったが、オヤジは何とか仕切り直そうと口を開いた。

しかし、その時私は更に食べにくい部位に差し掛かっていた為、必死にチキンを己の顎の力と腕力で喰い切ろうとしている凄惨《せいさん》な現場がオヤジの瞳に提供された。

サトゥルヌスの方がまだ人間味のある食事風景であった。

どうか、許して頂きたい。ダイレクトに噛み切らねば口の中に入れる事すらままならぬ状況である。

オヤジは隣で繰り広げられているサバンナ地帯の捕食シーンのような光景が気になり、それ以上言葉が続かぬようであった。

店員もオヤジも震え、こちらを見ている。

こちらの事は、どうかもう忘れて頂きたい。

しかし、隣で世界的名画が再現されているとなれば、気にかかるのも無理はない。

どうにかその注目を己から逸らそうと「美味しそうですね」と、オヤジの皿の上のチキンについてフランクに語りかけてみたが、主語がない事に気がつき急いで付け足した結果

「美味しそうですね。勿論オジサンの肉がですよ」

などと、オヤジの事を肉として見ていると仄《ほの》めかしているようになってしまった。

閑静なファミリーレストランでオヤジを食らうサトゥルヌスが生まれようとしている。

いっそ何らかの事故で燃えてほしい類《たぐ》いの絵画であるが、おそらく無駄に後世まで生き残るタイプである。

店員は、これ以上視界に私を映す事は危険だと判断したのか顔を背けた。

しかし、先の鏡張りの壁の方へ向いてしまった為に、鏡越しに再び目が合ってしまい撃沈した。

私は焦って肉を飲み込んだ事が祟《たた》り、若干喉に詰まらせダメージを負った。

水で流し込もうとコップに手を伸ばしたが、その中身はバナナシェイクであった。

数分前の私が今の私を殺しにきている。

危機に瀕《ひん》し混乱した私は、何故か店員ではなくオヤジに言葉にならぬ呻《うめ》き声を発し、助けを求めた。

余程不気味だったのだろう。オヤジは突如目の前で肉を片手に苦しみだした私に動揺し、コールボタンを連打した。

店長らしき者が奥から現れたが、こちらの席に到着した頃には肉は私の喉を通過し、咳は急激に治まっていた。

無駄に店長を呼んだだけになってしまった。

件《くだん》の店員が機転を利かせドリンクバーから飲み物を持ってきてくれたが、何故かコーラであった。

先程の私の裏切りが、カルマのように巡ってきた事を感じた。

完全に私の喉にトドメを刺しにきている。

この一件から、なるべくチキンは持ち帰りするよう心がけている。

その後、オヤジは先程の苦情など無かったかのように振る舞いチキンを食べ始めたが、やはり噛み切る事に苦戦し、サトゥルヌスが二体になってしまった。

ドリンクバーのコップを補充しに来た店員は、我々が視界に入ると即座にコップを持ったまま来た道を戻っていった。

なりすましの電話によって思いもよらぬ被害を受けた話

ある日、実家に電話が掛かってきて母が応対した。

私の旦那が電車で女性を触り示談金などを払わなければならなくなり、これからの子供に掛かる費用の事もあるので、取り急ぎいくらか貸してほしいとの内容であった。

「私一人の収入じゃどうにもできない……」

と、電話口の私は声を震わせ、母は「やーこ、大丈夫？」と心配した。

そんな母の横で、私はシャツを顔まで被り、某神隠しの映画のカ○ナシのような佇《たたず》まいで神妙にその会話を聞いていた。

私が居る時に、私を装ったオレオレ詐欺の電話が掛かってきてしまった。

電話口の私は、会社に勤め家庭も築いているというのに、現実の私は先程までカ○ナシと化して庭に入ってきた近所の子供を威嚇していた。

木こりが斧ではなく私を女神の泉に突き落とせば、綺麗な方の私としてこの電話口の私が出てくるであろう。

しかし、女神の泉から出られなかった為か、詐欺を働いているようであった。

田舎でよく言う就職するかヤンキーになるかのような二択が泉の中で繰り広げられている。

私が泉に落ちなかった為に、もう一人の私がえらい事になってしまった。

電話口の私は

「私、仕事で昇進するところだったけど……もう色々ダメかもしれない……」

と、何やら無職には縁のない事を語り始めた。

母が木こりならば、満面の笑みで電話口の私を獲得し、私は泉に沈む事だろう。

全てにおいて一般的に条件の良い電話口の私の言葉の刃が、先程からこちらに重傷を負わせようとしている。

二次創作がオリジナルを超えるのはやめて頂きたい。

更に電話口の私は

「これから車で旦那のところに向かうから、しばらく私は対応できないけど、代わりに弁護士が行くから」

と宣《のたま》った。

しかし、私は免許を取得していない。

とんでもないスリルドライブが始まろうとしている。

このままでは、家庭の修羅場から罪のない市民をも巻き込む大惨事へと発展する事だろう。

私は電話を代わり、運転などしたら

「皆、息絶える」

と、注意を促した。

「え……？」

と、電話口の私が言葉を漏らした。

言葉が足りなかったと思い付け足そうとしたが、先程の子供が変顔をして再び庭に侵入しているのを目撃し、私の笑いのツボが大打撃を受け奇声を発してしまった。

不吉な事を言って突如錯乱する村の予言ババアのようになってしまった。

突如激しく笑い出した私の声と

「は は は は は は は ！」

という妙に猛々しい母の笑い声がしばらく響き渡った。

母の笑い声は、先程の神隠し映画の名のある川の神が帰る際の笑い声を想像して頂ければ良いだろう。

不気味だったのか、私が正気を取り戻した頃には通話は切れていた。
電話口の私はどうなったのだろう。

電車で男に絡まれ無難にやり過ごそうとしたら怖い事態を招いた話

電車で座席に座っていると、前方に立っていたほろ酔いのオヤジが執拗に絡んできた。

「男の事どのくらい知ってるの？」

などと常時質問を投げかけてくるので

「かじる程度です」

と、スマホを弄《いじ》りながら適当に返事をしていると、徐々に周りに妙な雰囲気が漂い始めた。

不審に思い顔を上げると、オヤジは私ではなく私の隣の女性に語りかけていた事が発覚した。

女性からすれば、オヤジだけでも手に余るというのに、更にそのオヤジに率先して返事をする奇妙な者まで現れるという不気味な事態となっている。

私はオヤジに勘違いをした旨を伝えようと弁解したが
「私に話しているのかと思ったのですが、何なんですか一体」

と、質問対象が自分でない事への不平不満を申しているようになってしまった。

お前こそ何なんですかと男も女性も思った事だろう。

女性は顔を背け小さく振動し始めた。

私は不審者ではない事を伝えようとしたが
「私は大丈夫ですよ」

などと、意味不明な発言をしてしまった。

何を以《もっ》てして大丈夫なのだろうか。

恐らくこの女性の中では私も不審者寄りの存在であり、「私は大丈夫ですよ」などと恐怖の片割れに言われたところで心に平穏が訪れる事はないだろう。

今や車両は静まり返り、先程まで会話をしていた者達ですらも黙り俯《うつむ》いている。

しかし、オヤジに返事をしていなかった事から察するに、女性は嫌がっていたのだろう。

これ以上オヤジに質疑応答の場を設けさせてはならない。

私はせめてもの詫びに、この女性の援護射撃に回ろうと試み
「良かったら、私がお応えしますが」

と、オヤジに妥協案を提示した。

オヤジからすれば、良かったらも何も先程から強制的に私にお応えされている状況であり、妙に応える事にやる気が感じられる分、得《え》も言《い》われぬ恐怖を抱いた事だろう。

オヤジは小さく

「何故……？」

と、言葉を漏らした。

心の奥底から思った事が口に出たような、息をするかのように自然な呟きであった。

女性は限界を迎え噴き出した。

もはや陰からの援護射撃どころか、真正面からオヤジに銃口を構えている気がするが、決して気にしてはならない。

挽回できぬ絶望的な状況の最中《さなか》、更に追い討ちをかけるように、何故かサングラスのストーリーテラーがいる例の奇妙な物語のテーマソングが車両に響いた。

故意か事故かは定かではないが、近くにいた学生のスマホから鳴っている。

恐ろしい程に場に合いすぎている。

何故、彼は今音響効果《おんきょうこうか》の才能を開花させたのだろうか。

その矢先、私は腰を攣《つ》り、あまりの痛みにそのまま反るようにして突如座席からスゥッと立ち上がった。

酷く神妙な表情を浮かべた私が反り立つ中、ピアノが振り子時計の鐘の音のように重々しく鳴り響いた。

終電間近の電車内では怖すぎる光景であった。

しかし、たとえ攣《つ》っていようとも、乗り換えはせねばならない。

私は反った姿勢のまま、なるべく負担をかけぬよう小刻みに足を動かし移動した。

同じ乗り換えなのか、先に移動したオヤジを追う形となり、オヤジは振り返ると先程の不気味な返答野郎がペンギンの足取りで自分を追っている事に気がついた。

オヤジは喉から妙な音を発し、以後振り向かずにその歩みを速めた。

ほぼ同じ顔ぶれが同じ電車に乗り換えたが、喋る者は誰一人居なかった。

皆、私から離れた所に居たが、特にオヤジは同じ入口から乗ったというのに遠くに位置していた。

私の近くには先程の学生しか居なかった。

もう曲は止まっているというのに、あのメロディが頭から離れない。

外食したら
命の危機に陥った話

「二郎」という一口で説明すると、色々と量の多いラーメン店がある。

それを参考にしている店を「二郎インスパイア系」というのだが、私はその単語に強い憧れを抱いていた。人生で一度は言葉にしてみたいと思い、「二郎インスパイア」という単語を常に頭の片隅に置く日々を送っていた。

そんなある日の事であった。

馴染みのラーメン屋のカウンターで、見知らぬ者と三名肩を並べて麺を啜《すす》っていると、私の二つ隣に座る最端の男が量が多すぎると店主に物申し始めた。

今こそあの言葉を使う時が来たと高揚する気持ちを抑え、努めて冷静に言葉を発した。しかし、普段使わぬ言葉を長期に渡り寝かしすぎたのだろう。

「此処《ここ》は二郎をボンバイエしているんです」

と、訳の分からぬ発言となった。

いつの間にか「インスパイア」が「ボンバイエ」に侵食されていた。

男が

「何だお前？」

と、訊き返してきたので

「ボンバイエです」

と、丁寧に返すと、我々の間で麺を啜《すす》っていたオヤジがスプラッシュした。

何故よりにもよって、私の脳は数ある単語の中からボンバイエを選択してしまったのだろうか。

しかも、店主の名が「ジロウ」であった為

「二郎をボンバイエ（和訳：やっちまえ）」

などと、客側に加勢しているようになってしまった。

真ん中のオヤジは激しく咳き込みながらも

「店長……ジロウて……ボンバイエってぇ……」

と、蚊の鳴くような声で何かを訴えていた。

そのオヤジの訴えに男は店主の名札が目に入ったのだろう。

彼は物事を察し、静かに視線を落とした。

オヤジはラーメンの一部が鼻にまわり、苦しみながら途切れ途切れに言葉を発した為、任務途中で被弾し命尽きる前に重要なアイテムを差し出してきそうな雰囲気が出てきた。

「もう何も言わなくていいんです、大丈夫ですから」

などと、オヤジの気管を心配した結果、最期を見送るような言葉になったが、決して撃った側がかける言葉ではない。

店主もオヤジも「原因が何を言ってやがる」と、それぞれ胸中で私にヘイトを溜めたに違いない。

今や男はオヤジの心配をし、店主は飲み物を渡し、皆でオヤジを救う作業に取り掛かっている。

私はせめてもと思い、おしぼりをオヤジに手渡したが、私の顔を見るや否やボンバイエが連想されたのかオヤジに更なるダメージが追加された。

横に元凶が居る為、もはやオヤジにできる事は私から受け取ったおしぼりで顔を覆う他ない。

嗚咽《おえつ》混じりに震えるオヤジを私はただ見守る事しかできず、己の無力さを知った。

危うくボンバイエで人命が脅かされるところであった。言葉は刃物である。

言葉一つでいらぬ争いが起きぬよう、ただ願うばかりである。

店員のミスにより酷い目にあった話

ランニング中に、友人から相談したい事があると連絡が入った。

早々に運動を切り上げ、友人が到着するまで失ったカロリーを取り戻そうと、先に待ち合わせの日本酒ＢＡＲへ向かう事にした。

道中、ふと前方に目を向けると、双子コーデの女性の二人組が歩いていた。

大変可愛らしく、私も一度は誰かとやってみたかったものだと思いを馳せ歩みを進めていると、その二人も同じ店に入っていった。

少し間を空けてから後に続き入店すると、少々店内が騒《ざわ》ついた。

何事かと思っていると、磁力が引き合うようにカウンターのオヤジと私の視線が繋がった。

そこには、全く同じ花柄のＴシャツに紫のランニングパンツという、私と同じ佇《たたず》まいのオヤジがいた。

双子コーデという積年の夢が、見知らぬオヤジと叶ってしまった。

オヤジもヨレているが私のシャツも輪をかけてヨレており、よりお揃い感が醸し出されている。

本来人に会う予定など無かった為に油断しきった末路である。

実際過去にも同じ模様のオヤジと電車で乗り合わせてしまった事もあったが、服そのものが同じ事は初めてであった。


待ち合わせの者が後から来る旨を伝えようとしたところ、店員が「待ち合わせの」という箇所を強めに拾い、私はオヤジの隣へと配置された。

同じ服装の為に仲間だと思われてしまった。

私もオヤジに対し「誰？」と思ったが、恐らくオヤジも「誰？」と思った事だろう。

結果的にコの字型のカウンターを挟み、可愛らしい女性客のお揃いと、不気味な我々のお揃いが向かい合い、極楽浄土と地獄の表裏一体の図がこの小さな店内で再現された。


令和の地獄絵が完成した瞬間であった。

カウンターの中央で料理をよそう店員は、なるべくこちらの地獄サイドを視界に入れぬよう努めていた。

人生一歩踏み外した先に地獄が待ち受けているとはよく言うが、まさか落ちる側ではなく自分が地獄本体となるとは思わなかった。

ふと気がつけば、オヤジは何故か私を見つめていた。

澄んだ瞳をしていた。

私も敵ではないと伝える為、オヤジを見つめ返した。

それを目撃した店員はカウンターの下へ沈んだ。


ややあって、店員が酒瓶を運んできた。

この時点で酒瓶を手に、既に緩む口元を必死に結び耐えていた。

店員が酒の銘柄を見せ、目の前で注ぎつつ酒の由来などを説明してくれるシステムなので興味深く聞いていたが、何故か隣のオヤジも店員を見つめ親身に私の酒の説明を聞き始めた。

同じ風貌のオヤジと私に見つめられるという、不気味な現象が店員を襲った。

しかし、私をオヤジの隣に配置したのはこの店員である為、カルマが巡ってきたとも言えよう。

店員は、なるべくこちらに目を合わさぬよう注いでいたが、人間とは禁じられた行為に弱いもので、ついにこちらに目を向けた。その瞬間、店員は口から
「ムッシュ!!」

とフランス語で「閣下」を思わせる音を発し、私のグラスには予定よりも多くの酒が注がれた。

私のグラスは花柄オヤジへ忠誠を誓う盃《さかずき》と化した。

しばらくすると、友人がようやく店に到着した。

扉を開くと、友人の目は私とオヤジにとまり、地獄のペアルックが視界に入ると何故かそっと店のドアを閉め、外へ戻った。

すぐに友人からメールが入り

「隣の人、誰？」

と訊かれたので、知らない人だと一連の流れを伝えると、しばらくした後《のち》に口元を震わせながら再び入店してきた。

友人の相談はその後難航した。

詐欺にあった話

ある気怠《けだる》げな昼下がり、気落ちしていた私は友人宅の廊下でひっくり返り手足を曲げ、絶命した虫のポーズで涼んでいた。

しかし一向に気分は晴れず、試しに両手と両足底を合わせて打ち鳴らし拍手拍足をしたところ、人間とは単純なもので一定のリズムを刻んだ事により気分は徐々に高揚し

「ハイッ！ハイッ！ハイハイッ!!」

などと、気がつけば掛け声に合わせ打ち鳴らしていた。

リズムゲームに出てきたら世の親が顔を顰《しか》める事請け合いの不気味な存在と化していた。

すると玄関扉の開く音がし、友人が帰宅した。

友人は私の行動に慣れているので構わず続けていたが、なかなか入って来ないのでおかしいと思いリズムを打ち鳴らしつつ視線を向けると、そこには友人だけではなく工事現場の作業着を身に纏《まと》った男が玄関に佇《たたず》んでいた。

私以外の時が停止しているようであった。

友人が静寂を打ち破ったが、若干気が動転していたのか
「とりあえず、どうぞ……」

と、何故か男を招き入れようとしていた。

コイツと二人きりになるくらいならば、この男を入れる方がマシだと脳が本能的に判断したのだろうか。

しかし、私がこの男ならば「どうぞ」などと言われても、このような不気味な光景を前に家に入る勇気はない。


男は近くで工事をしている者で、現場からこの家の屋根の破損を見つけ、親方に言われて伝えに来たという。

お気をつけ願いたいが、これはよくある詐欺の手口である。

「家主の方はいらっしゃいますか？」

と、男はこちらとは一切目を合わさず友人に訊ねると、友人は何を思ったのか
「家主はあちらですが」

と、こちらを指差し、唐突に友人宅の所有権が私に譲渡された。

その瞬間、男の表情に絶望が過《よぎ》った。

言葉を詰まらせた後《のち》「この方が……」と小さく呟いたのを私は聞き逃さなかった。

男にとって恐らく一番そうであってほしくない者が家主となってしまった。

もはや屋根の破損どころではない。

屋根よりも家主の方が深刻に壊れている。


私は家主らしく作業着の男へ名刺の要求と、そちらの親方への謁見《えっけん》を申し出た。

これらの要求に対する反応で、詐欺か否かをより確信に近づけようという作戦であった。

しかし、始まりが死にかけの虫の実写化であった為、たとえこの男がまともな者だとしても親方の元へ連れて行かない事が予測され判断の信憑性は薄まっていた。

そして、案の定断られた。

「本当に嫌だ」という気持ちが滲《にじ》み出ていた為、どちらかといえば拒否に近い。

男は既に帰りたそうであったが、強風で飛び近隣の家に被害が出て損害賠償が発生したケースがあるので、確認も兼ねて業者に早めに連絡をと話した。
私は「趣味でよく屋根に登るので、まず自分で破損箇所を確認するので大丈夫です」と伝えるつもりであったが
「趣味で破壊してるんで、大丈夫です」
と、答えた為に自宅だけでなく、強風に乗じて近隣の屋根までもを破壊する事を生き甲斐とする妖怪のような人物像が確立されてしまった。

男は
「じゃあ、大丈夫ですね……」
と、力なく返事をした。
何が大丈夫なのだろうか。

男は足早に去っていったが、そもそも親方とやらは本当に存在するのかが気になった。

私は幻の親方を求め外へ出て男の背中を見つめたが、何かを感じ取ったのか男はこちらへ振り向いた後《のち》、全力で走り去っていった。

少々傷ついた。

ぶつかりおじさんが現れ ぶつからないように距離を取ったら 怖い目にあった話

子供達の通学の見守りの為、複数人が道に配置される事になった。

終わりの頃、前方から女性に擦るようにぶつかっているオヤジが人混みから流れてきた。

もし、ぶつかりおじさんならば甘んじて受け入れようと待っていたが、オヤジは私を避けた。

何故、私だけ避けたのだろうか。どうしても腑に落ちなかった。

そのままオヤジの背後にぴたりと付き添い歩調を合わせ観察していると、オヤジはこの通路を何度も往復しているようであり、再び女性に近づいていった。

私はオヤジを刺激しないよう、背後からそっと

「危ないですよ……」

と、耳元に囁きかけた。

オヤジは驚き足を止め、こちらに振り向いた。

そして、別方向から来たおばちゃんにオヤジは轢《ひ》かれた。


体勢を立て直すと、再び別の女性の方へ近づいていったので
「ぶつかりますよ……」

と、再度声をかけた。

オヤジは再び硬直し、こちらへ振り返った。

「何なんですか、あんた……」

と、オヤジは小さく声を漏らした。

その声があまりにも弱々しい為、翌日に台風を控える綿毛になったばかりのたんぽぽ畑を目にした時に似た心の騒《ざわ》めきを覚えた。

もしかしたら、このオヤジは寂しさからこのような奇行に走っているのだろうか。

私はオヤジの心に寄り添った発言を心掛け、口を開いた。

「人肌恋しくて」

気味の悪い感じになってしまった。

言葉尻に「?」が無いだけで大惨事である。

オヤジの心に寄り添い過ぎた結果、私が人肌を求めているようになり、隣のティッシュ配りが「えっ」という顔をし動きを止めていた。

子供達の通学を守る為に配置された筈であったのに、人肌恋しさからオヤジをつけ回す変質者へと成り下がってしまった。

オヤジは再び早足で歩みを進めた。

私は今の発言についての誤解を解こうと、「違うんですよ」と言いながらオヤジを追った。

「ぶつかりおじさん」と、それに続く「後を付いてくるタイプの変質者」という、迷惑に迷惑を重ねたよく分からぬ光景となった。

オヤジはもう「人にぶつかる」というかつての信念を忘れ、前からくる人々を避けながら歩みを進めている。

時折こちらへ振り返っては絶望した表情を覗《のぞ》かせた。

異様な光景だったのだろうか、今度はキャッチの男性が自分の職を放棄し、こちらを見つめていた。

オヤジは、そのまま交番の前を若干遠巻きに通った。

通過する際、交番の方に顔を向けていたので、もしかしたら警官に目で助けを訴えていたのかもしれない。

私もオヤジの視線を追い交番の方に顔を向けた為、中の警官の目にはこちら側に顔だけを向け競歩で通り過ぎていく怪しい二人組が映った。

何か不気味なものが二体通りすぎてゆくと思った事だろう。

もう二往復程していたら流石に呼び止められていたに違いない。


オヤジはそのまま歩みを進め、エレベーターに乗り込んだ。

ゾンビに追いつかれる前に扉を閉めようと懸命にボタンを連打するシーンのようになっていた。

人生で初めてゾンビ側の視点を体感した。

無事扉は閉まった。

肩で息をし、恐ろしいものでも見たかのような顔をしているオヤジが、スーッと上へ上がっていった。


あれ以来、あのオヤジの姿は見ていない。

そして私はゾンビ映画を観る際、若干視点が変わった。

念の為書いておくが、こちらの人権的にも安全面にも百害あって一利もないので、似たような事があっても決して深追いをしないよう気をつけて頂きたい。


その後、来た道を戻る際にふと交番を確認すると、中にいたのは警官ではなく近くのビルの警備員である事が判明した。

万が一にオヤジが駆け込んだとしても、国家権力の力は得られなかった事だろう。

電車でベビーカーの横でスマホを見ていたら知らない人が近づいてきて恐ろしい事になった話

電車でベビーカーを横に置き、スマホを弄《いじ》っていると年配女性が話しかけてきた。

子の年齢から入り、スマホを見てばかりではいけない、そのベビーカーの置き方では赤子が母親の顔が見えず良くないとご注意頂いた。

問題ないと伝えたが年配女性は納得がいかず、赤子の様子を見ようとベビーカーを覗《のぞ》いた。

その瞬間、年配女性の目には赤子ではなく、赤子を模したリアルな人形が映った。

ベビーカーは友人の物であり、その友人と赤子は運転席の後ろの方で外の景色を楽しんでいた。私は何も考えずに、年配女性に訊かれるがままに友人の赤子について

「私には、まだあまり話してくれなくて」

などと返事をしていた為、人形を人間だと思い込んでいる者と化した。

しかし、私は自分が年配女性の瞳にどう映っているかなど知る由もなく、ご教授頂けるならば丁度良いと

「どうしたら喋ってくれるようになりますか？」

などと真顔でアドバイスを求めた為、よりホラー感が増した。

「〝ママ〟とは喋るんですけどね。でも皆ママになっちゃうんですよ。可愛いですよね」

などと友人の赤子について語りながら、とりあえず年配女性の言う通りベビーカーを私と年配女性側に向けた。

更に友人達が戻って来た時の事を考え、人形を手に持ち赤子がすぐ座れるよう備えようとしたが、手を滑らせてしまい上空からベビーカーへ赤子人形を落下させてしまった。

その瞬間

「ボアァァァ……アァ……バアァァァ……ァ……」

と、赤子人形が断末魔のような声をあげた。

自我を失った何らかの化け物が、地の底から這い上がる際に発していそうな声色であった。

別の友人が制作し赤子に贈呈した人形であり、衝撃を与えると「ママー」と喋るのだが、電池切れが近い為か妙な迫力を漂わせていた。

私が焦り更に振動を与えてしまったのか、地底の化け物は再び声をあげた。

向かいに座るカップル達は、赤子人形が呻《うめ》き声をあげる度に下を向き震えている。

動揺を見せては恥ずかしさが加速すると思い、私はこんな事は些細な日常の一コマですよとでも言うように会話を続けつつ振動を与え、このデスボイスを止めようとした。

しかし、内心は焦っている為、中身の無い発言しかできず
「赤ちゃんて可愛いですよね」

などと言いながら、赤子人形の尻を殴打する異質な存在となった。


「可愛い……とても可愛い……」

と、呟きながら尻に振動を与える人間と、低い呻《うめ》き声を発し続ける赤子人形という、蝋人形の恐怖の館にでも設置されていそうな不気味な空間が広がった。


すると、友人の赤子が笑いだした。

本来ならば赤子の笑い声で気が緩まるところであるが、文字で例えるのならば
「けきゃきゃきゃ！けきゃっ！」

と友人の赤子も笑い方が若干ホラーであった為に、車両はより恐ろしげな空気に包まれた。

どうやら友人の赤子は、この断末魔のような声がツボのようであった。

そして、友人は一向にこちらに来ようとはしなかった。

この状況にツボを刺激されたのか、背を向け小刻みに震え、私との関係性を他人で貫いていた。

静かな車両に、友人の赤子の笑い声と、赤子人形の断末魔のような声だけがしばらく響いた。

年配女性はその後、目を合わせてくれなかった。

夜道で声をかけられて振り向いたら血の気が引いた話

知人の敷地の草刈りの手伝いに行く事となった。
辺りが暗くなったので、最後に草置き場へ集めた草を大量に運び、今日の作業を終わらせる事にした。

知人が草をまとめている間に先に運んでいると、犬を散歩中の女の子が街灯の下で自転車の男に執拗にナンパされていた。
明らかに困っていたので身内のフリをし「そこで父が待っているから早く一緒に来るように」という体《てい》で女の子に声をかけた。

しかし、私は背に草の溢れる籠、腕に大量の剥き出しの草を抱え、更に頭に笠を被っていた。

正面から見ると、緑の半目恐竜の隣にいる例の赤い雪男のム○クが、顔面と手足だけが毛剃りされたような佇《たたず》まいであった。

半目恐竜の傍らに生肌のム○クが佇《たたず》んでいれば子供達も阿鼻《あび》叫喚《きょうかん》する事だろう。

不穏に溢れる存在の訪れに、男どころか女の子までもが言葉を失い動きを止めていた。


私は再度女の子に「おいで」と声をかけた。

しかし、声がしゃがれた為、沼にでも引きずり込みそうな雰囲気が出てしまった。

勿論女の子を自分の草の養分にする気など無い。ただ執拗なナンパから救いたいだけであるが、己の風貌が不穏すぎて上手く伝わっていない気がしてならない。

女の子の味方に入った筈であるのに、先程から誰よりも女の子の犬に吠えられている。


そうこうしていると草束が限界を迎え、半分程足元へ音を立てて雪崩《なだ》れ落ちた。

第二形態へ進化を遂げるのだろうか。

突如大量に身体の草が抜け落ちた化け物に、ナンパ男は血の気が引いた顔をし、反射的に半歩後退した。


誰一人言葉を発しない静寂の中、抜け落ちた草の香りが辺りに漂った。

ふと、背後から土を踏む音が聞こえた。

振り向くと、暗がりから妙な形状の影が身体を揺らしながら徐々に近づき、やがて街灯の灯りがゆっくりとその影の全貌を浮かび上がらせた。

そこには同じく草ム○クと化した男が立っていた。

後から出発した知人が追いついたのだ。

化け物が二体になってしまった。

薄々そのような気はしていたが、かなり不気味な登場の仕方であった。

自分も同じ過程を辿ったかと思うと、精神的に少々くるものがある。

風貌を見る限り我々は明らかに同じ種族である。先程私が「父が待っている」発言をした為、ナンパ男からすれば満を持しての「待っていた父」のご登場に見えた事だろう。

犬はとうとう女の子の後ろに隠れた。

私はナンパ男に「父が来たので……」と、告げた。

これで帰らぬようなら知人と二人で男を囲み、マイムマイムを踊り撹乱《かくらん》する他ない。

「マイムエッサッサ」の所はさぞかし映える事だろう。

ナンパ男は

「あ……、はい」

と何故か敬語で返事をし、我々が踊るまでも無く去っていった。

しかし、女の子からすれば人間が一人減った結果、代わりに草の化け物が二倍となった緊迫した状況が続いている。我々は風貌こそ違えど、女の子と同じ生き物であると分かってもらい、女の子の親が迎えに来るのを共に待つ事となった。

電話口で「草の人が助けてくれた」と言っていた事が少々気にはなったが、無事で何よりである。

話していると、女の子は最近この地に引っ越してきたばかりで心細かった事が判明した。

やはりあの時声をかけて良かったと安心した。

ややあって、無事女の子の家族が到着し身柄を引き渡した。

その様は、森の縄張りに迷い込んだ人間の子供を化け物が親の元に還し、初めて心を交わす交流シーンのようであった。

後日、菓子折りが届いたそうだが、私の口に入る前に知人が全て平らげた。

事後報告であった。高級なチョコレートで非常に美味しかったそうだ。

私はそっと、心の中で日曜朝のヒーローに蹴られ爆散する草怪人を想像し、己の平静を保った。

草と共に散るが良い。

トイレに入ったら不審者が現れ危ない目にあった話

友人がトイレに行きたいというので、私は公園のトイレの前で一人待機していた。

その際に、「夜で心配なので、電話をするふりでも何でも良いので音を出しておいてくれ」と言われたが、私はたとえ昆布の役であってもクビを宣告される程の演技力の持ち主である為、先程二つ買ったカレーの加工米飯のカップを振り音を出す事にした。

乾燥した米によるマラカスのような音が響き、次第に音楽と私が一体となるのを感じた。

友人がトイレから出てくる頃には、私のバイブスは最高潮を迎えていた。

古代エジプト人が祈りを捧げるように、上体を前後に大きくしならせ加工米飯を振り鳴らし

「イエス！カーニバル！」

と、顔を向け出迎えたが、そこにはスクール水着を纏《まと》った見知らぬオヤジが立っていた。

友人かと思ったら、とんでもないオヤジが出てきてしまった。

シャカ……という加工米飯の音を最後に、私とオヤジに静寂が訪れた。


見知らぬオヤジに随分奇抜な出迎え方をしてしまった。

友人もオヤジに続くように男子トイレから現れオヤジの背後に位置していたが、その目はオヤジに釘付けであった。

何か言葉を発しようと努力した結果の果てに出た言葉は
「おじさん、鮮度良さそうですね」

であった。

水着と肉厚なオヤジから海が連想されたのか、漁師の眼差しになってしまった。

新鮮なオヤジは不気味なものを見る目でこちらを見ている。
まるで私が変質者かのような眼差しである。
私はどうしてもオヤジの態度に納得がいかず
「私の方が変質者度は低いと思います」
と、オヤジに物申した。
今となって冷静に振り返れば、一体何を張り合っているのだろうか。
友人は地獄のどんぐりの背比べのようであったと後《のち》に語った。

オヤジは恐怖に駆られたような顔をし、我々に背を向け走り出した。

すると、オヤジの手に持っていたコートから何かが落ちた。

拾い上げると、それは財布であった。


オヤジは走った。

必ず、かの自分を水産物を見る目で見てくる者を己の視界から除かねばならぬと決意した。

しかし、ふと背後から激しいマラカスのような音が響き、オヤジは振り返ってしまった。

オヤジの目には両手に加工米飯を持ち走る者と、タンクトップのマッチョの者が己を追いかけてくる様が映った。

何か一人増えてると思った事だろう。

因みにタンクトップのマッチョとは先の友人である。

夜の公園をスクール水着のオヤジと、マラカス奏者、そしてバルクの仕上がりし者が隊列を組んで走っている。

某テーマパークの煌《きら》びやかなパレードとは対極の、掃き溜めから湧いて出たようなパレードとなった。

今まさにこの地域一の不気味なカーニバルが開催されている。

先の「イエス！カーニバル！」が私の中で響いた。

私はオヤジを捕まえる気など毛頭ない。

ただ財布を届けたいだけである。

しかし、何か誤解を与えている事を察し、私はオヤジが財布を落とした事を走りながらも精一杯伝えようと必死に声を発した。

「金ぇーーーーーーーー!!」

ダイレクトな発言となってしまった。

やはりオヤジの事を漁獲物として見ていると裏付けられかねぬ失言であった。

しかし、私は漁業権を取得していない。

オヤジの密猟が今行われようとしている。


私達は、全力で走るオヤジの尻を前方に見つめながら走った。

しかし、走っているうちに、何故オヤジの尻を眺めながら走らねばならぬのかという一つの疑問が過《よぎ》った。

友人も私も体力や視野において限界を迎え、オヤジはそのまま遠くへと消えていった。

財布は交番に届ける事にし、警官に
「スクール水着のオヤジが落としていきました」
と、伝え渡した。

警官は
「え？」
と、声を漏らした。

送り主が不明の手紙を開いたら苦しむ事になった話

子供の頃、クラブ活動の片付けで遅くなり急いで下校しようとすると、私の下駄箱にクラスメイトが手紙を入れ去って行く姿を目にした。

これは所謂《いわゆる》ところの例の「特定の相手への募る想いを綴《つづ》った手紙」だと私は直感した。

ついに私にも人生の春が訪れたと確信し、手紙をその場で開いたところ、そこには

「ふこうの手紙」

と書かれ、要約すると「三人に送らなければ呪われて不幸になる」と記されていた。

なんなら、もうこの瞬間に若干不幸を感じている。

もはや何人に送ろうが送るまいが関係ない事態である。

腹が立った私は他の下駄箱も確認すると、私の他にも二名同じ手紙が投函されていた。

明らかに同一の筆跡であり、勝手に開くのは本来ならば良しとされるものではないが、不幸を拡散されるよりはいくらかマシであろうと手紙を回収した。

しかし、自分を入れて三人分の不幸の手紙を手にし、私は合計九枚の手紙を書かねばならない。もはや書いてるだけで指関節が呪われそうであるが、私はこれも字の練習だと割り切り書き綴《つづ》る事にした。


翌日、私はしたためた九枚全ての手紙を件《くだん》の男子生徒の机へ投函した。

私からのささやかなお気持ち表明である。

男子生徒は自身の机を見て、手紙を開くと絶望していた。

人を呪わば穴二つである。

二十七枚の不幸の手紙を夜なべして書き綴《つづ》り、約一クラス分の在庫を抱えるが良い。


しかし、翌日男子生徒は私の書いた手紙を、あろう事かそのままクラスの者達の机に投函し、多少の手間を省略していた。

なんて頭の良い奴なのだろうか。

そのうえこの手際の良さから察するに、彼には住宅地へチラシを投函する仕事の才がある。

そして、何故か私の机には五枚程入れられていた。

何となく犯人が誰であるのか、バレているような気がしないでもない。

しかし、不幸の手紙は他クラスでも横行していたらしく、ちょっとした事件へと発展し、ついには担任が出る幕となった。

「今、不幸の手紙が出回っているようだが、もし持っている者がいれば今すぐに先生に出すように」

と、担任は帰りの会で我々に告げた。

その結果、クラスのほぼ全員が列を成し、担任に手紙を差し出す異例の事態となった。

他の者が一人一枚ずつである中、私が五枚もの不幸の手紙を提出した事に担任は「えっ」と素の声を上げた。

「何か、君だけ多くない？」と担任の顔が語っていた。

余程恨まれていると心配になった事であろう。

担任は「こんな手紙で不幸になる事はない。怖いからといって誰かを不幸にするような事をすれば、手紙を送ったとしても必ずその報いは自分に返ってきてしまう」と、大切な事を述べつつ手紙を開くと、声をつぐんだ。

そこには「ふこうの手紙」ではなく、えらく達筆な字で「ふごうの手紙」と記されていた。

「ふこうの手紙」を綴《つづ》るにあたり、丁度良いので買ったばかりの筆ペンで練習がてらにしたためた為、インクが飛び「こ」に濁点が付き「富豪」になってしまった。

一から書き直すのは大変労力がいるので、全ての手紙を「ふごう」に寄せた為に、辺境の地の小学生達に富豪から大量に手紙が寄せられる事態となった。

担任は全ての手紙を開き、言葉を失った。

「何かうちのクラスだけ様子が違うぞ」と思った事だろう。

何故富豪から「三人に送らねば呪いで富豪になる」などと、妙にネズミ講めいた手紙を大量に送りつけられているのだろうか。

ついには
「俺、金持ちになりたいから返してほしい」

と、返却を要求する者まで現れた。

しかし、したためたのは全財産二百円程しかない私である為、その効力は絶望的である。

しかも、ただの富豪ではなく呪われた富豪である為、なりたいような、なりたくないようなという微妙な心境を生徒達にもたらしている。


不幸の手紙かと思えば、まさかの富豪からの手紙であったうえに、一人で五枚も持っている気の毒な生徒もいれば、返してほしいなどと宣《のたま》う生徒まで現れ、担任は愚かな生徒達に囲まれながら富豪の手紙で顔を隠した。

担任の嗚咽《おえつ》に似た声だけが響き、帰りの会の進行は止まった。


その後、筆跡鑑定が成されたのか、私と元凶の生徒は呼び出された。

私の場合は筆ペンで常日頃から文字の練習をしていた事が原因で即あぶり出された。

我々はお説教をくらった。

元凶の生徒はともかく、私の方は「不幸」を「富豪」にしたという字面だけならばサクセスストーリーのような功績が認められ少々緩めにして頂けるかと思いきや、しっかりと灸《きゅう》を据《す》えられた。

そして「不幸」くらい漢字で書けという、とばっちりもくらった。

ふごう

動物病院でトラブルになった話

動物病院へ猫を連れ、開院の少し前に着いた。

入り口前のベンチに一旦置いた猫用キャリーケースを両手で持とうとした瞬間、突然蝉が私の頭に激突した。

思わず手に力が入り、キャリーケースの格子《こうし》に指が入ってしまった。

両手の十本中の六本が犠牲となり、指が抜けず豆腐小僧のポージングで猫を抱える悲惨な状況となった。

しかも頭には先程の蝉まで停留している。

絶望の淵の最中《さなか》、近くにいた小学生くらいの少年と目が合った。

この状況を打破できるのは、この少年しかいない。

しかし、声かけを一歩間違えば事案が発生してしまう。

口下手の私には大変な障壁である。

まだそんなに暑くもないというのに、汗が出る程に緊張が走った。

もし少年が虫が苦手でなかったら是非頭の蝉を取って頂きたい、その思いで私は彼を驚かせぬよう慎重に語りかけた。

「少年……私の頭の虫についてどう思う……?」

少年の目に、頭に蝉を乗せ発汗し、息遣い荒く妙な質問を投げかけてくる不気味な大人が映った。

なんなら蝉も私の頭上で「ジ……ジィ……」と、ジャブ打ち程度に呟き、この不気味な問いかけに加勢している。

「虫は苦手です」などと返答を一歩間違えれば「ならば虫になれ」と謎の力で頭の二匹目の蝉にされそうな雰囲気が出てしまった。

不審者か、怪人の類《たぐ》いか、どちらの線も捨てきれぬ存在となった。

少年は瞳に警戒の色を滲《にじ》ませ、こちらを振り返りながら走り去った。

防犯教育が行き届いているようで何よりである。

私はその背中を蝉と共に見送った。

ややあって開院時間となり、動物病院のドアに掛かるロールカーテンが上に上がった。

その瞬間、看護師は頭に蝉を携《たずさ》え真顔で立ちすくむ不審者と割と至近距離で目が合う事態となった。

看護師の動きが止まった。


しばし間が空いた後《のち》、看護師がドアを僅《わず》かに開けた。

自宅に知らぬ人が来訪した際に、チェーンを付けたまま応対する時のドアの幅であった。

「何があったんですか……」

と、若干声を震わせながら訊ねられたので説明しようとした矢先、蝉が本気で鳴き出した。


何故このタイミングなのだろうか。

私も泣きたい気持ちになったが、看護師は既に半泣きであった。

とりあえず頭の蝉を取る為、私はそのままドアの前で待機させられ、その間《かん》に看護師が獣医師を呼んだが
「先生、やーこさんに……虫がたかってます！」

と、何か嫌な誤解を招く発言がなされた。

私が獣医師ならば「丁重にお帰り頂いて」と申している。

獣医師はもう嫌な予感がしていたのだろう。
既に若干震えながら、奥から顔だけを覗《のぞ》かせた。
先程の看護師同様に「今度は何があったんですか……」と再び問いかけられた。
私は「蝉に被弾し指が挟まった」と己の身の上を話すと
「今……行きます……」
と声を震わせながら、その言葉とは裏腹に一度壁の向こうに引っ込んでいった。

すると、先程の少年が虫取り網を持って現れた。

装備を整え救出に来てくれたのだ。何と心優しき少年であろうか。

そのまま蝉の捕獲に取り掛かった際、網に反応したのか蝉は飛び立とうとした。

しかし私の髪が足枷《あしかせ》となり、蝉は予想外の動きを見せ我々はパニックとなった。

「ジジジジジジジジジジジジジジジジジジ」

と頭付近で荒ぶる蝉、全く関係ない所に向かい網を振り回す少年と、叫ぶ看護師。そして、蝉に髪を引かれ猫を持つ汗まみれの飼い主。

見ようによれば私が髪で蝉を操り、看護師と少年を襲っているようにも見える。

獣医師はようやく精神を落ち着け出てきたが、タイミング悪くその光景を見てしまった。

後《のち》に彼はその時の事を、強めの悪霊退治の光景のようであったと語った。

客が私だけで本当に良かったと思う。

その後、半泣きの獣医師により蝉は私の髪から解放され、空高く飛んでいった。

ようやく猫の診察が始まったが、猫の爪切りよりも先に私の指を抜く作業が行われた。

まさか本日の開院最初の作業が、人間の指になるとは思わなかった事だろう。

キャリーケースを診察台に置き、落ち着いて指を抜く作業にかかったが、先程から猫が私の指を舐めている。そのうえ抜こうとすると、指を軽く噛み奥へと引っ張っている。

真のラスボスは此処《ここ》にいた。

電車で勇気を出して声を上げたが逆効果になった話

電車で立っていたところ混雑し始め、気がつけば三人の力士達に周囲を包囲されていた。

横を見ると、私の他にサラリーマンも共に力士達に呑まれていた。

力士達は申し訳ないところこちらを気遣ってくれていたが、むしろ壁になってくれているお陰で空間が保たれ助かっていた。しかし、近くにいた命知らずのオヤジが「アイツらスペース取りやがって」と力士達を糾弾《きゅうだん》し始めた。

何たる物言いだと思い、私は力士達は悪くないと一言添えたが、「お相撲さん」と「サラリーマン」という目前《もくぜん》の視覚情報が混ざり合い

「オスマンさんは何も悪くない」

と、謎の外国人オスマンさんが誕生した。

横のサラリーマンが、今しがた付けたばかりのイヤホンをそっと耳から外した。

オスマンさんの登場によって周囲の意識が一斉にこちらに集中した。

一歩間違えば、この心優しき力士達に「オスマンさん」と勝手にあだ名を付けている無礼者だと誤解されかねぬ事態である。それだけは回避したいところであり、オスマンさんと力士が私の中で繋がりを持っていない事を証明するべく改めて言い直したが

「オスマンさんは、お相撲さんは悪くないと思ってるひょ」

と、力士への仇返しは回避されたが、自分の事をオスマンさんだと思っている少々不安が過《よぎ》る人物像が浮き彫りとなった。

しかも語尾の様子も何やらおかしい。

しかし、乗客達はおかしいのは私の語尾ではなく私の頭だと思っている。

サラリーマンは、力士に囲まれているだけでも奇抜な体験であるというのに、更に自分をオスマンさんだと思い込んでいる語尾の癖が強めの者まで現れ、逃げ場を失いこちらに背を向けた。心なしか肩が震えている。

そんな最中《さなか》

「何だお前のその名前……」

と、先程の命知らずなオヤジの注目が力士から私へと移行された。

しかし、あまりに急に話しかけられた為
「自分はオスマンさん違いますけど？」
と、突発的に私の僅《わず》かしかない正直な部分が露呈した。

いよいよ訳が分からなくなってしまった。

「じゃあ、お前誰なんだよ……」

と、オヤジは小さく呟いた。

周りもオヤジに賛同したに違いない。

かく言う私もオヤジと同じ心情である。

行き場を無くした「オスマンさん」が殺伐とした車両で迷子である。
サラリーマンの方から
「もうやめて……」
と、震える小さな声が聞こえた。
オスマンさんどころか、自分自身をも見失う結果となった。
オヤジの至極真っ当な呟きに、力士達も震えながら俯《うつむ》いた。
何の助けにもなれず大変申し訳ない。
むしろ、場を荒らす一方である。

一度手放したオスマンの名はもう戻らない。
「やはり私がオスマンですひょ」などと今更申したところで、どこか軽薄さを感じさせる語尾によって乗客達の神経が逆撫でされるだけでなく、車両内に漂う不気味な空気の濃度が高まるだけである。

私は黙って満面の笑みで誤魔化した。
オスマンスマイルの効果は抜群であり、オヤジもそれ以上は何も言葉を発しなかった。
それどころか、こちらが見つめても目すら合わなくなった。
皆の頭にオスマンさんという謎の外国人だけを残し、電車は走行を続けた。

ナンパを下手に回避しようとしたらより酷い事になってしまった話

早めに待ち合わせ場所に着いた友人から、二人組にナンパをされてるので早く来られないかと連絡が入った。

現地に着くと、友人がナンパの二人組と向き合っていた。

近くで路上ライブが行われているので周りに人はいたが、誰もナンパに気がついていないようであった。

駆け寄る最中《さなか》、歩道のタイルが浮いていたのか、私の足裏に地面に設置された罠のボタンを踏んだような感触が走った。私は派手にバランスを崩し、必死に受け身を取ろうとした結果、何故か男達を見つめたまま友人と男達の間に涅槃《ねはん》のポーズでスライディングし着地した。

奇しくも演奏の終わりのギターの音が響くタイミングと同時であった為、仏像の登場音のようになってしまった。

二人組どころか友人までもが、突然の仏の登場に言葉を失っている。

転んだ張本人である私も激しく動揺したが、男達に悟られてはならぬと顔だけは真顔を保ち平静を装った。

しかし、頭までは装いきれず、何故か友人ではなく目の前のナンパの二人組の方に

「待った？」

などと、声をかけた。

特に仏は待っていない。

男達に身に覚えのない馴れ馴れしいタイプの仏がお届けされてしまった。

友人が声を震わせ

「……待っていた友人です」

と、男達に私を紹介をした。後《のち》に判明する事だが、男達は

「友達も来るなら俺ら二人と人数的に丁度良いじゃん。俺がその友達を説得するから、来たら飲みに行こうよ」

と、友人に申していたらしい。

その待《ま》ち侘《わ》びていた友人が今まさに目前《もくぜん》で涅槃《ねはん》をしているというのに、彼らは何の言葉も発しなかった。

説得とやらは一体どうしたのだろうか。

しかし、仏のご降臨に立ち会えば言葉を失うのも無理はない。

非常にしつこいナンパであったらしいが、仏を前にすればおとなしいものである。

涅槃《ねはん》の効果が早くも表れ始めたのか、いつの間にか私に慈悲《じひ》の心が芽生え始めていた。

この者達も迷惑ではあるが悪人という訳ではない。

お帰りは頂くが、先程のタイルにより男達が私のように転倒しないよう願い、その方を指差しながら
「こうなりたくなかったら、帰り道には気をつけてください」

と、声をかけた。

しかし、よく見ればタイルは玉砕《ぎょくさい》していた。

タイルがあのような状態の為に私の意図とは違う
「あのタイルのようになりたくなければ、注意して帰るんだな」


という別の意が生じてしまった。

完全に脅しをかけている。

仏の皮を被った凶暴なゴリラ説が浮上した。

少なくとも友人はそのように認識し、今まで耐えていたものが決壊し盛大に奇声を発した。

突如引き笑いをしだす友人と、仏だと思ったらタイルを踏み砕くゴリラであった私を前に、男達は何か不気味な者を見たかのような顔をし去っていった。

決して撃退を成功したのではなく、これ以上関わると碌《ろく》な事がないと悟った顔であった。

私自身も酔えば床を踏み抜くであろうゴリラとは酒を交《まじ》えたくないタイプであるが、大変な誤解である。

しかし、誤解は解かれぬまま男達は消えていき、私の前には引き笑いをする友人しか残されていなかった。

腹痛で様子を見ていたら後悔した話

胃腸炎になり、トイレに籠城《ろうじょう》を果たす事となった。

最初こそ軽いものであったので、しばらく様子を見ようとした事が全ての不幸の始まりであった。

腹痛は徐々に猛威を奮い始め、病院へ行く事を決意したが移動手段は徒歩しかなかった。

痛みがない時は普通に歩き、痛みが出始めると足取りの様子がおかしくなるのを繰り返し、腹痛の波に翻弄され私と病院との距離はなかなかに縮まる事はなかった。

いち早く病院の門をくぐりたいところであったが、道中キャッチの男が執拗に女性に話しかけ道を塞いでいた。

もはや私は避ける気力すら無く、道を開けてくれる事を祈りつつ歩みを進める他なかった。

距離が間近に近づくと、ようやくキャッチはこちらの存在に気がついた。

その瞬間、キャッチと女性の目に、腹痛の波により人類の進化図の猿から二番目と三番目の姿勢を繰り返し、進化と退化の狭間《はざま》で激しく揺らめいている猿人類が映った。

腹痛により、いつになく真剣な眼差しとなっていた為か只《ただ》ならぬ雰囲気が漂い、キャッチも女性も固まり、結局道は開かれなかった。

会話によるエネルギー消費を抑える為、必要最低限のみ伝えようとした結果

「アナタ、ワタシ、病院、行ク！」

と、よりそれらしい口調となった。

どこの部族なのだろうか。

先程女性にしていたキャッチの軽快なトークはなりを潜め

「あ……ハィ……」

と敬語で返事をし、私の言葉を「病院へ連れて行ってください」と現代語訳したのか、何故かキャッチと共に病院へ向かう事となった。

病院へ着くと、キャッチは入り口にいた看護師に声をかけ、私を任せると逃げるように去っていった。

病院が見えたあたりで去らず、しっかりと看護師に任せるあたり、恐らく彼は根は善人である。

診察室に入る頃には、私は水分不足と疲労が合わさり頭が思うように働かなくなっていた。

医師に「どのように痛みますか？」と問われた時には既に考える力を失っており、脳内の対人用フィルターを通す事なく言葉が放出され

「屈強な力士に胃を雑巾絞りされているようです」

と正直に答えた為、相撲業界に戦慄《せんりつ》が走る臓器を絞る恐怖の力士が生まれ落ちた。

「……独特な例えですね」

と、医師が言葉を漏らすと、看護師が後ろで目線を逸らした。

すると突然、恐怖の力士が休憩に入ったのか唐突に腹痛が軽くなった。

好機である。

この痛みの波が引いた隙に全てを説明しようと「痛みに波がありまして……」と述べ始めたところ、早くも休憩を終えた力士が持ち場に戻ってきた。

再び力士による私の胃を絞る作業が開始された。

医師の「どのような時に痛みますか？」という問いに対し、「今である」と絞られきる前に早急に伝えようと声を発した結果

「今デスゾォーーーー！」

と、敵のトドメを勇者に促《うなが》す長老のようになった。

医師に

「どうしました⁉」

と訊ねられ、痛みのピークが去るのを待った後《のち》に返答したが

「……今、力士が休憩を終えました……」

と、もはや力士の速報リポーターと化した。

医師も次第に「力士」と「痛み」を混同し始め

「力士に波があるんですね」

と、言葉を漏らした。

医師の発言により、看護師は己の湧き上がる感情を隠す事をやめた。

一見ふざけているように思われるかもしれぬが、この時の私は顔色も何もかもが悪く至って真面目であれば、医師も終始真顔である。

あまりの苦しみように、医師が「処方された薬を受け取りに行けるか」と私の帰り道を心配すると、看護師が

「お連れ様と御一緒でしたよね？」

と、先程のキャッチを身内だと勘違いし確認を取ってきた。

彼はたまたま道にいた迷惑なキャッチだと伝えると、医師の何かを書く手が唐突に止まった。

「どうして……そんなのと……？」

という、医師の言葉に

「歩いてたら出てきたので」

と最小限で説明した為、道中でエンカウントした後《のち》、倒して仲間にしたかのような雰囲気が漂った。

その後、水分を摂ればダムの放水を擬似体験する事となり経口摂取ができぬ為、点滴を受ける事となった。

すると幾分《いくぶん》か楽になり、帰宅した頃には水が飲める気がしてきた。

しかし、油断して勢いよく水を飲むと、同じ勢いで水が私の胃を一巡した後《のち》再び舞い戻ってきた。

人体の構造を少々理解した気がした。

少しでもいつもと違う腹痛や異変を覚えたら、まだ軽いうちに早めに病院へ行く事が人生の足取りを軽くするコツかもしれぬと思った。

今デスゾォー

外で身動きが取れなくなり助けを求めたらトラブルになった話

ある日友人と歩いていると、側溝にブルドッグが挟まっていた。

首輪とリードをしている事から、飼い主の元から脱走し落ちたのだと推測された。

すっぽりと挟まっている為、引っ張ればどこか痛めてしまうかもしれないと思い、近くにうちの猫もお世話になっている動物病院があるので、友人にそこへ向かってもらい応援を頼む事にした。

しかし、よく見れば足場があれば自力で出られそうであった。

私は犬が逃げぬようリードを持ち溝に入り、自らで足場を作ると犬は自力で這い上がり、無事に溝から抜けた。

しかし、犬と引き換えに私が溝にはまるという等価交換が発生した。

なんなら先程の犬よりも、しっかりと収まっている。

抜け出そうと藻掻《もが》くと、犬が全力で感謝の意を表し、肩に前足を置き私の顔を舐めまわした。

なんと義理堅い犬だろうか。

しかし、その忠誠心が今や私をより側溝に押し込んでいる。


とりあえず待っていれば、頼れる大人か何かが近くを通りかかるだろう。

すると、横道から酒を片手に赤ら顔のじじいが「シェシェシェ」と笑いながら現れた。

頼れる大人か何かの「何か」の方が来てしまった。


じじいは助けるでもなく、少し距離を置き我々を見つめながら酒を啜《すす》った。

犬に舐め回されながらじじいと見つめ合っていると、動物病院の先生と友人が到着した。

瞬間、先生の表情が固まった。

「溝に犬が挟まっている」と確かに言われた筈であるのに、犬ではなく人が溝に挟まっている。

しかも、オプションで謎のじじいまで添えられている。

先生は若干声を震わせながら
「今度は何をやってるんですか……」

と、何かに耐えながら、こちらに向かい言葉を絞り出した。

何をしていると問われても
「犬に溝に詰められています」

としか言いようがない。

しかし、その事実が先生を徐々に追い詰めていった。

友人に犬を動物病院へ連れて行ってもらい、私は先生に両腕を支えられて引っ張られた。

溝から脱出できると安心した矢先、自分のズボンが下がりつつある事に気がついた。


とはいえ、この緊急事態である。

この際パンツが多少出る事は致し方ない。

しかし、私はある重大な事に気がついた。

今日に限って、臀部《でんぶ》側に達筆で「日本一」と大きく書かれている訳の分からぬパンツを穿いている。

普通のパンツならば良い。

だが、日本一パンツ。お前だけは今は出てはならない。

私は本日二回目の危機を迎えた。

しかし、人の人体感覚は得てしてズレが生じるものである。

もしかすれば思ったよりは「日本一」の文字は露出していないかもしれない。

一条《ひとすじ》の希望が見えたところ、背後で先程のじじいが

「にっぽんいちー」

と、何かを読み上げるように呟いた。

どうやら、やはりアウトなようである。

私の臀部《でんぶ》で「日本一」が日の目を浴びている。

この誇らしい言葉に対し、今ほど絶望した事はない。

せめて助けに来てくれた先生にだけは、気まずい思いをさせてはならない。

私は多少パンツが出ているが、問題ないので気にしないでほしいと正直に伝える事にしたが

「尻に日本一がいますが、問題ありません」

と、問題しかない発言となった。

尻に何らかの達人でも住み着いているのだろうか。

先生は訳が分からぬという顔をした後《のち》、とりあえずパンツが出ている事に気がつき、私の背後に回り隠してくれた。

しかし、その優しさは同時に先生の網膜《もうまく》に日本一パンツが直撃する事を意味し、先生は先程の私の言葉の全てを理解した。

先生はついに私を引き上げる力を失った。

その後看護師も駆けつけたが、看護師も日本一を前に撃沈した。

この日の唯一の救いは、犬の飼い主がすぐ見つかった事である。

電車で危険人物から離れようとしたら恐ろしい事になった話

友人と電車で立っていると、酒に酔い気が大きくなったオヤジがくだを巻き、座席を立ったり座ったりなどして車両に緊張が走った。

元気がある事はよろしいが、オヤジの両サイドの席のみ空席となり、オヤジは明らかにこの車両で警戒されていた。

赤子と幼児を連れた母親が、オヤジから距離をとろうとしていたが、荷物が多く思ったように離れられず不安そうであった。

せめてこのオヤジの視界に母子が入らぬよう、さりげなく間に入ろうとした矢先、電車が揺れ私はオヤジの方角へよろめいた。

気がつけば、オヤジは初対面の私に壁ドンをされるという不気味な事態となっていた。

さりげなく視界を遮るどころか、ダイレクトにオヤジの視界を私で埋め尽くしてしまった。

更に着地時に勢いあまり、私の口からは
「キウィィイイッ！！」

などと、キウイフルーツの断末魔の叫び声のような高音が発せられた。

たとえ美男美女の所業であっても、キウイの件《くだ》りが邪魔をしロマンスが始まる事はない。

まだ壁ドンだけならば、事故として許された事だろう。

しかし、キウィィイイッは駄目である。

キウィィイイッのせいで不審者指数が上がってしまった。

誠意が伝わるようオヤジを真っ直ぐと見つめ、謝罪した後《のち》故意ではない旨を説明したが
「どうしても抗えなくて、やってしまった」
と「電車の揺れに」という重要な言葉が抜けた為に、オヤジの魅力に抗えず壁ドンをした
という衝撃的な犯行供述と化した。

奇しくも言動が一致し、説得力が出てしまった。

オヤジは非常に目を泳がせた後《のち》
「……そう……ですか……」

と、声を絞り出した。

先程と打って変わり、覇気は失われていた。

オヤジの消沈ぶりに、私も心許《こころもと》なくなり友人の方へ視線を向けた。

友人は大衆にその身を潜め、己の存在と私との関連性を限りなく薄めていた。

車両で共に肩を並べ、語り合った友はもう居ない。

居るのは大衆に紛れた裏切り者だけである。


しかし、オヤジに怒り狂われなかったのは不幸中の幸いであった。

オヤジは、先程と同じオヤジと思えぬ程に静かになった。

敏腕トレーナーによる愛犬の躾《しつけ》番組が頭を過《よぎ》る程の変貌ぶりであった。

荒ぶるオヤジが鎮まった今、本来ならば車両に平穏が戻る筈である。

しかし、いまだ緊張が漂っているところを見ると、皆の中で私はオヤジと上位互換の不穏な存在として認識されたのかもしれない。

ふと幼児が足が疲れたと言い、母親に
「もう電車降りたい……」
と、ポツリと呟いた。
私も早急に電車を降りたい。
母親も、なんならオヤジも、そう思っていた事だろう。
我々は足ではなく精神に疲労を迎えている。

友はいまだ戻らず。

大衆の一部となっている。

許されるならば、私もあちら側へ行きたい。

事の顛末を見守る傍観者となりたい。

我々車両の者達は静かに時を過ごした。

明らかに海へ行く装備の学生達も、はしゃぐ事なく下を向き、口を閉ざし何かに耐えていた。

休日の電車とは思えぬ静けさであった。

夜に家の前で怖い目にあった話

煌々《こうこう》と月が照る夜、自宅の車に尻を撫で付けている猫を真顔で見つめていると、犬の散歩途中の女性がオヤジに絡まれ始めた。

女性の犬がオヤジに抱えられ逃げられぬ事を良い事に、オヤジは一方的に話を続けていた。猫を見つめる作業を中断し、オヤジの会話を請《う》け負《お》おうと歩みを寄せたが、どのように声をかけたら良いか決めかねたままオヤジと女性の前に到達してしまった。

無言でオヤジと私が見つめ合い、それを女性が見つめる謎の時間が生じてしまった。

このままでは、オヤジに熱視線を送る軽めの不審者となってしまう。

頭を悩ませた結果、犬を糸口に会話に介入しようと思いつき「頭を撫でてよいか」とオヤジに声をかける事にしたが滑舌の悪さにより

「おじさん、頭舐めてもいいですか？」

などと、オヤジの頭を舐める為にわざわざ寄ってきた重めの不審者と化した。

オヤジにとって見つめ合った直後の会話としては恐怖が過ぎる内容であった。

たった一音異なるだけで、このような不気味な事態になろうとは思わなかった。

オヤジの言葉の集中砲火は止まったが、代わりに警戒の色を含む重い沈黙が訪れた。


我々は今、新たな緊張の局面を迎えている。

「舐める」ではなく、頭を軽く「撫でる」方であると、誤解を解くべく尽力したが
「頭皮に少し触れる程度のものですよ」

などと申した為に「さっと一舐めならば許される」とでも思っているかのような言い草となった。

風呂釜というワンクッションを挟む事なく、直《じか》に人間を舐めてくるタイプの「妖怪あかなめ」と化した。時代が違えば、この出会いは巻物にしたためられ、危うく妖怪の書に私という名の汚ない花火が上がるところであった。


オヤジも決して舐められたくなければ、女性もそのような恐ろしい光景を目の当たりにしたい訳もなく、私も特にオヤジに舌鼓を打つ気もなければ、犬も大変迷惑そうである。

誰一人幸せにならぬ地獄のようなルートに入ってしまった。

そんなに語らいたくば、私がお相手しようという意で後《のち》に言った「話し合おう」という言葉も、今や一舐めする事に情熱を注ぎオヤジに説得を試みる言霊が宿っている。

オヤジは私という危険因子が現れた事により、両手が塞がっている事に危機感を覚えたのか、そっと犬から手を離した。

犬は私の横を極端に迂回し、飼い主の元へ戻った。

角が立たぬようオヤジと女性の両者に、この近辺は不審者がよく出るので早く帰路についた方が身の為だと説いたが、今や不審者の代表格と化した私の口から語られた為、凄まじい説得力を発揮した。

ややあって、近隣の者が通報したのか、丁度巡回していたのか定かではないが、警官が二名現れた。

最初は私も被害者側として扱われていたが、事の成り行きを女性が説明すると警官がこちらを向き
「ところで、あなたはこんな夜中に何を？」

と、訊ねてきた。

車に尻を撫で付けている猫を見つめていたと話すと、警官の私を見る目が心配の眼差しから、事件性がある類《たぐ》いの不審者かどうかを見極める眼光へと切り替わった。

オヤジと肩を並べて連行される恐ろしい未来が頭を過《よぎ》った。

私はオヤジが
「危うく頭皮を一舐めされるところでした」
などと余計な事を言い出さぬか不安になり、こちらと離れた所で警官と話すオヤジの方を見つめた。
オヤジは私と目が合うと、不気味なものを見た顔をし視線を逸らした。

店内で悪質な手口で
トラブルにあった話

通りがかりの店先で、暴風で荒ぶるバルーンのカボチャに体当たりされ、接戦の末に捕獲していると店員が駆けつけてきた。

私とカボチャの救出後、折角なので店を見ていってくれと誘われ入店すると、椅子に座らされ突如勧誘が始まった。

私の他に既に客が二人おり、店員は痩せるサプリメントを強く推し、隣の青年はやんわりと断っているもののそれに勝る熱量で勧められていた。もう一人の客のオヤジは明らかに店員の女性目当てであり、サプリメントには一ミリも興味がなさそうであった。

私も痩せるサプリメントを推されたが

「今パンチ力を上げる為に、体重増やしてるんですよ」

と、店員に告げると「えっ？」と店員が一瞬素に戻り、場の空気が止まった。

妙な奴を店に招き入れてしまったという後悔の色が一瞬にして店員の顔に広がった。
店員は気を取り直し
「では、他に気になるところは……」
と、訊いてきたので
「逆に、体重が増加する物はありませんか？」
と答えたが、もはや本末転倒であり、そんな恐ろしいサプリメントを誰が買うのだという雰囲気が漂った。キャラメルの要領で牛脂でも舐めていろと思った事だろう。

すると、隣の青年も
「僕も……パンチ力、上げたくて……」
と、突如肉弾戦に目覚め始めた。
奥のオヤジの席では、オヤジが店員に触れようとしては、店員がそれを阻止するという戦いが繰り広げられ、カンフー映画の攻防戦のようになっていた。

困り果てた私の担当の店員は、奥からベテランらしき者を呼んだ。
ベテランは私の担当から説明を聞くと
「パンチ力……」
と、神妙な面持ちで言葉を漏らした。

「一度痩せたうえで筋トレをすれば、理想的な体型になるうえにパンチ力も上がるのでは」

と、こちらに提案したが

「脂肪が無ければ打撃がバルクに直撃し、良くないのではないか」と懸念点を述べると、ベテランも黙った。

何故こんなフィジカルオバケのような者を連れてきたのだという顔をしていた。

隣の青年の担当は、この頃には下を向き震えていた。

もう早くコイツらを店の外へ帰したい、という気配を感じた。

しかし、私と青年はわりと容易に退店するが、あのオヤジは生贄に店員を捧げぬ限り鎮座《ちんざ》し続けそうであった。

もはや、この店の従業員達の避けては通れぬ障壁と化し、その存在を知らしめていた。

ベテランは一度奥へ引いた。そして、少しした後《のち》に店内の照明が消え

「照明トラブルが起きた為、本日のご案内は此処《ここ》で締めさせて頂きます」

との説明があった。

本来ならば店としては、青年は押せば買いそうであったので残しておきたいところであったのだろうが、もはや店内トラブルとして一掃する他なかったのだろう。

「えぇー……」と、人間トラブルのオヤジが不満げな声を上げた。

我々は外に出された。

オヤジはつまみ出された。

何となく青年とは互いに会釈をし、一縷《いちる》の望みにかけ店内を覗《のぞ》くオヤジを横目に、我々は解散した。

学校で苦手な事を無理にやらされた話

中学時代、選択授業でケーキを食べ、食レポを書けという課題があった。

この手の類《たぐ》いは苦手であり、大変頭を悩ませつつ筆を進めた結果

『ケーキは表面が砂糖でコーティングされたような仕様になっており、非常に可愛らしい見た目であった。

フォークを入れると、表面が干ばつ地帯の地表割れのようになり、更に深く掘り進めると地中に温存された水分を思わせる僅《わず》かな湿り気が出てきた。

口に含むと表面の乾燥部位と奥に秘められた水分が混ざり合い、滑らかな舌触りとなった。

非常に上質な味がする。』

と、ネイチャー番組の地質学者による土の解説のようになってしまった。

番組の後半で職人と良質な土で壺でも拵《こしら》えるつもりであろうか。

しかし、いくら書き直してもマントルについてなど壮大さが増していき、そうこうしているうちに時間が来てしまい、最初に書いたものを提出せざるを得なくなった。

教師がチェックの途中、生徒（私ではない）を叱り出した。

少々グレた生徒であり、その書いた文章に対し教師は「人様が作ったものに対し誠意がない」と述べていた。

このままでは私の地質調査のレポートも同じ末路を辿るであろう。

誠意はあるが、如何《いかん》せん土である。

順番的に次は私のレポートであったので、このヤンキーが犠牲となり怒られ続け、時が過ぎる事を心から願った。

しかし、教師が叱っている間、教育実習生が教師に頼まれチェックを進める事となった。

よりにもよって、教育実習生の最初に手にしたものが私の地質学書となってしまった。

教師がヤンキーと言い争う殺伐とした雰囲気の最中《さなか》、実習生の手が止まった。

心なしか手が震えている。下を向き、レポートチェックがそれ以降進む事はなかった。

ある意味で運が良かったかもしれない。これで叱られる事はないだろうと思った矢先、実習生の様子がおかしい事に教師が気づいた。

自分が怒った事により実習生にショックがあったのではないかと心配したのか、教師が声をかけると、実習生は声にならない何かを呪文のように呟きながら教師に私のレポートを差し出した。

私の中で「平穏」という名の職人の壺が割れる音が響いた。

教師はこれからヤンキーに加え、地質学者を叱るという二重の手間を抱える事だろう。

そのように覚悟していると教師は静かに机にレポートを置き、口元を押さえ下を向いた。

横にいたヤンキーが私のレポートを覗《のぞ》き見し
「俺のより酷くね？」

と、言葉を漏らした。


他の五名の生徒も読み始め、各々好き勝手に感想を述べ始めた。

中でも、真面目な生徒橋本君の
「一人だけ土食ってる」

「土を愛しすぎて食べ始める、ハードタイプな地質学者」

という発言が、次々と教師と実習生にとどめを刺した。


書き直しは私とヤンキーだけであった。

電車で女性が絡まれて酷い目にあった話

その日私は、アルバイト先で自分が某納豆のパッケージのおかめに似ているのではないかと思い立った。

白塗りに化粧を施し確認を終えたところ、途中でメイク落としのウェットティッシュが無くなり、半分おかめのまま帰宅する事となった。

なるべく目立たぬようフードを被り下を向き、全ての対応はおかめではない左半分で行おうと、私は自身に掟《おきて》を定めた。

しかし、電車で座っていると、酔っ払いの男が現れ、私の横に座る女性の隣に腰を下ろし、絡み始めた。

何かあったのか女性は元気がなさそうであったので、励ますつもりもあったのかもしれぬが、少々その声かけは度が過ぎており、女性の返事が返ってくるまで大声で話しかけるつもりのようであった。

女性に声をかけ席を替わろうとした結果、私は思わず掟《おきて》を破り正面を向いてしまった。

その結果、女性と酔っ払いの男は、半分おかめの者に「大丈夫ですか？」などと、語りかけられる不気味な事態に遭遇した。

半身をおかめに侵食されている明らかに大丈夫でない者に安否を訊ねられる事になろうとは、女性も思わなかった事だろう。

私は酔っ払いに、女性への声かけを控えるよう

「そっとしておいてくださいね」

と伝えると、酔っ払いは

「お前……その顔どうした……」

と、こちらに向かい訊ねてきた。

「その件も、そっとしておいてくださいね」

と、同じ言葉であるが、先程よりも魂が込められた発言となった。

「だって、半分おかしいじゃん……」などと酔っ払いの癖に、まともな事を申している。

「世の中には色んな事情があるんですよ、ねえ?」

と、何となく女性に同意を求めるような口調となってしまったが、恐らく女性は一緒にしないでくれと思っていたに違いない。

とりあえず、女性と私は席を替わる事にした。

私が酔っ払いの隣に着くと、何故か酔っ払いの目が不安そうに揺らいだ。

遠くで見る分には構わぬが、いざ服などに着地されるとちょっと恐ろしいという、テントウムシなどが苦手な者の心理と似たようなものが窺《うかが》えた。

酔っ払いが、とてつもなく私の横顔を見ている。

「このように横顔だけを向ければ、素顔の方しか見えないので問題はない」と酔っ払いに告げたが、よく考えれば酔っ払い側の顔がおかめであった為、私の実体がおかめであるかのようになってしまった。

その説でいくと、むしろ私の顔がおかめを浸食しつつある事になる。

隣の女性が、先程とはまた違った泣きそうな顔をしている。

酔っ払いが尚も「反対側はどうするのか」と、この作戦の柔らかい所を突いてきた為

「反対側の人には、犠牲になって頂くしかないですね……」

と、答えた為、庇う筈であった反対側に座る女性が犠牲となった。

何故この酔っ払いは、こんなにもおかめについて掘り下げてくるのだろうか。

結局おかめになった経緯まで語る事となり、女性は顔を伏せ、その後顔を上げる事はなかった。

子供が犯行に巻き込まれそうになった話

昔、級友のタケシの身に、プールに落ちたり、告白していないのにフラれたりと不幸が続き、彼の誕生日をクラス一丸《いちがん》となり教室で祝い励ます事となった。

タケシへの贈呈品は手作りのみとルールが敷かれ、私はテープレコーダーでお祝いの言葉を録音した。

タケシの誕生日当日、私の贈り物の順番が来たので、担任が皆の前でテープの再生ボタンを押した。

しかし、私は前日にテープレコーダーがかけっぱなしになっていたのを母が止めた事を知らなかった。

テープが伸びた為、ボイスチェンジャーで低くしたような声で妙にスローで再生され

「おめでとぅぉ、タァケェシィ。はぁっぴぃーばーすでえぇ」

などと、不気味にタケシの誕生が祝われた。

仮面をつけた犯罪者が刑事に送る、犯罪予告ビデオのような雰囲気が出てしまった。

今にも「この学校に爆弾を仕掛けた」などと言いだしそうな声色であった。

担任は止まった。

級友達も止まっている。

タケシだけが怯えた目をして、先程から私を見つめている。

何故誕生日にタケシはサスペンスを味わわなければならなかったのだろうか。

私は「直ちにテープを止めてほしい」と、心の中で念を送り、声に出すと目立つと思い必死に顔で担任にその思いを伝えた。

しかし、担任は目が合うと瞬時に顔を背けた。

後《のち》に担任が「何であの時、全力で歌舞伎役者の真似をしてたの?」と声を震わせ訊いてきたので、私の顔ランゲージは何一つ伝わっていなかった事が判明した。

テープから、ひとしきりタケシへ野太い祝辞が送られた後《のち》、無音の時がしばし流れた。

担任がようやく正気に戻り、テープを止めようと指を停止ボタンへ伸ばしたその瞬間

「……金かえせ……ブツッ」

と、最後にとんでもない事を吐き、音声は止まった。

以前、姉とふざけて録音していたものが若干残っていたようであった。

教室は静寂に包まれた。

担任は緩む口元を口角の筋力で抑え、限界が己のすぐそこまで近づいてきている事を感じていた。

タケシは不気味なプレゼントを贈られたうえに、金を返していないという不名誉極まりない疑いまでかけられた。

本来ならば誰かがタケシを救うべきである。

しかし、皆それどころではなかった。

担任が耐えている為に笑ってはいけないのではないかと思い、皆湧き上がる腹部や肩の震えを抑え込んでいた。

せめて私だけでもタケシの身の潔白を証明しようと「タケシは金を借りていない」と表明しようとしたが

「タケシは金がない」

と、金を借りた動機を語るようになり、タケシの人権にトドメが刺された。

タケシに返す金がない為に、犯罪組織に狙われているかのようになってしまった。

クラスの坊主頭の渋い少年が、タケシに

「タケシ、頑張れよ。金は貸せないけど」

などと何の救いにもならぬエールを送った為、担任は己の立場を忘れ膝から崩れた。

教師の皮を脱ぎ捨て、今だけは一人のただの人間となった。

その様を見て皆の我慢もはち切れた。

恐る恐るタケシの方に目を向けると、タケシも既に呼吸を乱し瀕死状態であった。


その後、タケシに例のテープが手渡された。

受け取り拒否されるかと思いきや嬉々として家に持ち帰り、ご家族でこの犯行予告テープを楽しんだようであった。

その為、朝が弱いタケシを起こす際、タケシの母はテープの真似をし
「おはようぅ、タァケェシィ」

などと、声を低くし起こしてくるようになったという。

タケシはしばらく不気味な朝を迎えた。

電車で座っていたら
トラブルに巻き込まれた話

電車に揺られていると、私の右隣に座る男子中学生に対し「場所を譲れ」と言うオヤジが現れた。

オヤジが席を欲している理由が体調不良などではなかったので、声をかけ間に入ろうかと悩んでいたところ、緊張の為か私の口よりも先に尻が

「えーー？」

というネイティブな音を発した。私の知らぬ間に尻に声帯が形成されたのだろうかと思う程、不服である事を表す見事な発音であった。

生理現象とはいえ、気まずい事態となってしまった。

更にあろう事かオヤジが尻の音を拾い

「何だその返事は、文句あるのか」

などと返答した為、私の尻とオヤジの間に会話が成立した。

他人の尻と会話をするという奇抜な体験をオヤジの人生に与えてしまった。

しかし、オヤジの反応を見るに、乗客達も放屁であると気がついていない可能性が浮上している。

私は希望を持ち、周囲を確認した。

左隣の者が口元を押さえ不自然に震えている姿が視界に入ったが、気にしない事にした。


オヤジは、私の尻ではなく中学生が口答えをしたと勘違いし、ヒートアップしていった。

私の尻がため息を吐いた為に、中学生が思わぬ巻き込み事故にあっている。

流石に良心が痛み
「紛らわしい音を出して申し訳ない、今のは私の放屁です」

と、白状せざるを得なかった。

しかし、事情が飲み込めぬオヤジからすれば、中学生と一対一であったオヤジの精神世界に突然
「放屁です」
などと言いながら第三者が現れる不気味な事態となった。

突如現れた放屁に、オヤジの時は止まった。

今や中学生も下を向き何かに抗っている。
私の尊厳は概ね瀕死状態であるが
『オヤジも仕事でお疲れと存じ上げる事。
しかし、これからの日本の将来の為に、子供達にもそんな頑張るオヤジの姿をもうひと頑張り見せてやってほしい事』
などを、オヤジが停止している間に説いた。
先程尻から「えー」などと音を発していた者から出たとは思えぬ演説となった。

オヤジはついに口を開いたが、思えば男子中学生の声にしては違和感があったと思い当たる節があるのか
「さっきの音は……」

と、まだ私の放屁に引っかかっているようであった。

「残念ながらおじさんが返事をしたのは、私の尻で間違いないです」

と伝えたところ、左隣は限界を迎えた。

私はせめてもの償いと、正直もう電車を降りたいという衝動から席を明け渡そうと
「私の座席で良かったら、どうぞ」

と、オヤジに申し出た。

しかし、放屁という前情報が足枷《あしかせ》となったのか断られた。

気を遣ったが故に、互いに気まずい雰囲気になってしまった。

仕方がないので電車を降りるふりをし車両を替えたが、オヤジも同じように思ったのか時間差で電車を降り、別の車両で再び顔を合わせる事となった。

オヤジは、自分が乗車した先にまた放屁がいる事に驚き
「うおっ」

と、声を漏らした。

あの時、音を発する器官が尻ではなく口と選択されていたのならば、と悔やまれる。

その日の電車の走行速度は、普段よりも遥かに遅く感じられた。

学校で追い詰められた話

夏休みの自由研究を最終日に作り上げる事となり、音に反応して動くサボテン人形を布で覆って縫い、目と口を貼り、更に申し訳程度にサイドに手足と称して糸を縫いつけ、工作と言い張る事にした。

布で覆う際にスイッチも埋もれてしまったので、その外側にバツ印をペンで描き入れ位置が分かるようにし、私の自由研究は完成した。

夏休みが終わり、皆が各々に自身の作品を紹介する中、私の前の者が自作のロボを披露し、大変な喝采《かっさい》を浴びていた。

同じロボ作品として彼の超大作の後に披露するのは大変気が引けたが、可愛いぬいぐるみ部門として出せば差別化が図られるので、その雲泥の差も雲と土埃程度のものになると踏んだ。

ついに私の発表となった。

私は教卓に立ち早速人形を袋から出したが、向きが悪く背中側を披露していた為、皆の不思議そうな視線が集結した。


向きが逆であると気がつき引っくり返すと、糸がハゲ散らかしたように生えている何らかのウィルスに目や口が芽吹いたようなボコボコの顔が皆の前に露呈された。


ちょっとしたホラー演出のようになってしまった。

徒《いたずら》に注目を集めた後《のち》に、露わになってはいけないタイプの代物であった。

最前列の者達は至近距離での直撃となった為に特に引いていた。

夏休みの自由研究を発表したとは思えぬ雰囲気であった。

そんな最中《さなか》、クラスのお調子者の坂田が
「お前、何だよそれ！」

と声を発し、この雰囲気に一石を投じ、皆の表情が幾分《いくぶん》か緩和された。

日頃は煩《うるさ》いので、できれば黙れと思っていた彼に救われる日が来ようとは思わなかった。

私は初めて彼を見直した。


坂田に感謝の念を抱きつつ、私はぬいぐるみのスイッチを入れた。

「実は音に反応して動きます」

と、説明すると、ぬいぐるみが私の声に反応し動き出した。

しかし、適当に布で包んだ為にあらぬところが動き、細胞分裂を制御できず皮膚下で激しく蠢《うごめ》いている謎の生き物と化した。

私のぬいぐるみがボコボコと蠢《うごめ》く度に、教室は静まりかえった。

しかも、動く度に人形の皮膚である布がずれていき、目のあたりなどが脈打っている。

私の自由研究から、研究施設から逃げだし町中を阿《あ》鼻《び》叫喚《きょうかん》へと陥《おとしい》れそうな雰囲気が漂っている。

教室は再び静まり返った。

例のお調子者ですら黙っている。

「今こそ、お前の出番だ」と目線を送ったが、視線が交《まじ》わる事はなかった。

見かねた担任がフォローを入れたが

「よく脈打ってますね」

と、おおよそ自由研究の作品に対し使われる事のないチョイスの言葉が捻り出された。

せめて愛くるしい名前で誤魔化そうと、私は必死に可愛い音の羅列《られつ》を考えた。

熟考の末「ポポンちゃんです」と告げようとしたところ、何故か
「ドボンちゃんです」
と、沼に岩でも投げ入れたかのような重々しい響きとなってしまった。

完全に静かになった子供達とは対照的に、横で担任が震えている。

この沈黙に耐え切れず、私はとりあえず定期的にドボンちゃんを作動させた。


静かな教室に、私の手を叩く音と、ドボンちゃんが蠢《うごめ》く機械音だけが只々《ただただ》響いた。

ドボンちゃんと教室の静けさが担任のツボを刺激し、担任はデスクの上で組んだ手で顔を隠し震えていた。

もはや、私とドボンちゃんについては早急に忘れて頂きたい。

一部を除き完全に引ききった雰囲気の中、私はドボンちゃんと共に自分の席へ戻った。

次の作品の紹介へと移行されたが、ドボンちゃんの皮膚が動いた為に、スイッチの印がずれてしまった。

次の者が作品を紹介する間もドボンちゃんは激しく蠢《うごめ》き、担任にその様が直撃し続ける事となった。


何故よりによってコイツが担任席の前なのだろうと思った事だろう。

席替え当時、担任の目と鼻の先の席となった私は己のくじ運の無さに嘆いたが、担任も今まさに席替えをくじ引きにした事をさぞかし悔いているに違いない。

蠢《うごめ》くドボンちゃんと担任の目が合うと、ついに担任の我慢は限界を超えた。

電車で頭に新聞を乗せられ黙って耐えていたら恐ろしい目にあった話

電車に乗っているとオヤジが新聞を大々的に広げ、私の頭がその台座代わりとなった。

子供の頃に新聞紙で兜を作った事を思い出しつつ前髪に紙の温もりを感じていると、私の鼻孔が花粉にくすぐられた。

必死に耐えていたが電車の揺れにより私はバランスを崩し、その瞬間くしゃみが大音量で放たれてしまった。

しかも、喉で直前まで抵抗した為か

「ファビュラス！！」

という、某ゴージャスな姉妹しか発しなそうなくしゃみをしながら、私は顔面から突っ込みオヤジの新聞を突き破った。

凶暴なひょっこり〇んのようになってしまった。

新聞という一枚の壁が破られた事により、今私とオヤジの視線が交《まじ》わった。

こちらからすればバランスを崩したが故の事故であるが、オヤジからすれば私は

「ファビュラス！（訳：素敵！）」

などと称賛しながら、人様の新聞から顔を飛び出させる奇抜な不審者である。

私がこのオヤジなら確実に恐怖する。

オヤジは先程までは新聞の有益な情報を眺めていたというのに、今や無益な私の顔面を眺めている。

せめてもの償いに何かこちらも役立つ情報をオヤジに提供できればとは思ったが、新聞から顔面が飛び出している状態で

「明日は大雨」

などと言われたところで不気味さが加速するだけであるので、あの時何も思い浮かばなくて本当に良かったと思う。

車両は静まり返った。

もしかしたら故意にオヤジの新聞に突き刺さったと揉め事に発展してしまうかもしれない。

そうなる前に誠心誠意を尽くし謝罪しようと決意すると、何故かオヤジが先に謝罪した。

しかし、その目は完全にヤバい奴を見る目であった。

常人である事をアピールするという新たな意も含め、こちらも「申し訳ありません」と丁寧に謝罪の意を表明しようとしたが、押し寄せるくしゃみに私の謝罪は掻《か》き消され、オヤジの「すみません……」に対し

「モンブスンッ！」

という訳の分からぬ返事を繰り出した。

もはや常人をアピールするのは手遅れであった。

閉鎖された空間に、会話の成立しない人間が居る恐怖が車両を包み込んだ。

停まらぬ快速急行、まばらではあるが決して空いていない車両。

我々には、ただ見つめ合い、時が経つのを待つ他に道は残されていない。

しかも、この時は気がついていなかったが、オヤジが手を離した事により新聞が私の首周りに付いたままであり、間違った中世ヨーロッパの貴族のような佇《たたず》まいとなっていた。

電車の扉が開いた瞬間、私はこれ以上失礼の無いようオヤジに

「では、これで」

と、一声かけて去った。

新手の新聞泥棒である。

オヤジは私と目を合わさぬようにしていた。私の一味だと思われたくなかったのだろう。

ホームに降り立つと、いつもより空気が新鮮に感じられた。
励ますように風が私を優しく包み込むと、首元の新聞が静かに揺れた。

バイトで怒鳴られ続け情緒不安定になった話

昔、バイト先で自分のやり方を他の者にも強要する女の人がいた。

ある日、ボールプール用のアンパン〇ンの顔の形をしているプラスチックボールを消毒していると、彼女は消毒なんて余計な事はせず太陽に当ててろと怒り出した。

消毒を太陽光だけに任せるには、少々太陽も荷が重いのではないだろうか。

彼女が何か言う事はないのかと訊いてきたので、アンパン〇ンの顔を持って声を荒らげられる事など顔交換時にパンを投げつけてくる例の従業員くらいだと思っていたので、非常に感慨深かった旨を伝えると、彼女は突然下を向き無言になった。

顔を覗《のぞ》くと怒りながらも口元が緩んでいた。

どうやら怒りの沸点も低いが、笑いのツボも非常に浅いようであった。

間を取ってどちらも行う事にしたが、ふと手に取ったボールの感触に違和感を覚えた。

確認すると、アンパン〇ンは目元が凹み邪悪な笑みを浮かべていた。

「愛と勇気」の部分を「金と権力」に置き換えると、非常にしっくりくる面構えとなっている。

何をもたもたしているんだと彼女は近づいてきたので、黙って印籠《いんろう》を掲げるように闇堕ちしたアンパン〇ンを見せると、彼女は

「ボッ!?」

と奇声を発し、歩いてきた勢いをそのままにターンを決め、全力で顔を背けた。

呼吸を整えた後《のち》、彼女が施設の物なのに何故そんな顔になったのだと訊いてきたので

「中の餡子《あんこ》が悪かったんですかね」

と、自分なりに闇落ちした原因を考察したが、彼女は途中で人間の言語を失い、初代ポケ〇ンの鳴き声のような声を発して苦しみだしたので、殆ど聞いてもらえなかった。

人相を直そうと別の所を押すと、今度は眉間の彫りが上に上がり、ソウルミュージックが非常に似合う、穏やかで逞《たくま》しい顔つきとなった。

気が優しくて力持ち、ブラザーの為には一肌脱ぐ事も厭《いと》わない、そんな風貌であった。

「もう、これでいいか」と、そのまま消毒し太陽に照らす事にした。

日差しの中で微笑む彼は、太陽に愛された国で生まれ育ったに違いない。

そんな穏やかな笑顔をこちらに向けている。

あの場所だけ異国の風を感じますね……と、言葉を漏らすと彼女は床にうずくまり、再び苦しみ始めた。


その時、強い風が吹き、軽いボール達は一斉に彼女と私の元へ転がってきた。

その様は、久々に町から村に帰ってきたブラザーに駆け寄り、再会を喜ぶ子供達のようであった。

その瞬間、彼女はついに限界を迎えた。

私は消毒をやり直さないといけない事実に絶望した。

ブラザー達だけが足元で楽しげに転がっている。


しばらくすると、職員が出勤してきた。

職員はトイレに行こうとする私を呼び止め
「何か、彼女凄く疲れてるけど、どうしたの?何かあった？」

と、心配し事情を訊いてきた。

先程のブラザーの件《くだ》りを話すと、職員も先程の彼女と同じ末路を辿った。

中でも村に帰ってきた感動のシーンは、職員の感情を大いに揺さぶった。

途中、怒りやすい彼女が乗り込んでくるかと思ったが、様子を窺《うかが》うと氷嚢《ひょうのう》を額に当て、ぐったりとしていた。

事務室へ戻ると、丁度彼女は職員に二度とあいつと同じシフトにしないでくれと懇願《こんがん》していた。

そんなに嫌がらなくてもいいではないかと、そっとブラザーを手に持つと、彼女は何故かしゃっくりを起こしながら苦しみ始め、私は職員に「やめなさい」と注意を受けた。

職員の声も震えていた。

彼女が辞める日（原因は私ではない）

「本当に腹立つけど、あなたはもうそれでいいわよ」

と、言いながら去っていった。

彼女のツボに入る以外の笑顔を久々に見た気がした。

電車で痴漢にあって危ない目にあった話

終電近く、私は寝過ごし防止の為に車両の連結通路付近に立っていたところ、目の前に座る耳に百円玉を数枚詰めているオヤジに「うちのゴルゴちゃんに似ている」とアクティブに絡まれていた。

ゴルゴちゃんとは一体何者であろうか。

オヤジの耳の百円玉もさることながら、ゴルゴちゃんの存在が強大すぎて、先程から車内アナウンスが全く頭に入ってこない。

このままでは、ゴルゴちゃんの妨害により目的地の駅を乗り過ごしかねない。

手がかりを一言も逃すまいと慎重に百円オヤジの話を聞き進めたが、ゴルゴちゃんの素性は一向に掴めなかった。

脳の思考回路がいよいよゴルゴちゃんに埋め尽くされんとしたその時、反対側の連結通路が勢いよく開いた。

驚き視線を向けると、腰に青年がしがみついているサラリーマンが、他の乗客を突き飛ばしながら青年を引きずる形で全力で走ってきた。

青年は必死に

「捕まえてください！この人女の子触ってました！」

と、叫んだ。

どうやら痴漢で捕まりそうなところを、必死に逃げているようであった。

サラリーマンはこちらを避ける素振りもなく、そのまま突進してきた。

今できる事といえば、まずは己の身を守る事だけである。

懸命にサラリーマンに撥《は》ね飛《と》ばされぬようにした結果、接触した瞬間にサラリーマンの顎に私の手が添えられ、サラリーマンは後方にバランスを崩した。

その瞬間、腰の青年がテコの原理の支点の役割を果たした。

サラリーマンは宙を舞った。

見事なバックドロップであった。

物理学の力がサラリーマンに牙を剥いた瞬間であった。

先程と一転し、辺りは静寂に包まれた。

サラリーマンと青年は、そのポーズのまま静止している。

投げられたサラリーマンも呆然としているが、青年も呆然としている。


私の頭の中のゴルゴちゃんが「過剰防衛」と呟いた。

決してわざとではない旨を伝えようとしたが
「見事なバックドロップです」

と、レスリングの試合解説のコメントのような言葉しか出てこなかった。

とりあえず、そのまま青年と共にサラリーマンを確保していると
「ゴルゴちゃん、大丈夫？」

と、百円オヤジが話しかけてきた。

ゴルゴちゃんは恐らく大丈夫であろうが、私は大丈夫ではない。

このまま警察署に連れて行かれれば、朝までコースとなる未来が切り開かれる事だろう。


駅員の協力のもと、痴漢したサラリーマンは警察へ引き渡される事となった。

しかし、私は此処《ここ》で共に警察署に連れて行かれる訳にはいかない。

そもそも、主に確保したのは青年であり、私はバスケットボールに添える左手の役割しか果たしていない。とはいえ、万が一にも青年に罪がかからぬよう連絡先だけ渡し去ろうとした。

しかし、百円オヤジが
「ゴルゴちゃんが痴漢を放り投げた」
と、余計な事を言い始めた。

警官の頭に劇画タッチの屈強な人物像が浮かんだ事であろう。

しかし、オヤジの指差す先には、小汚いジャージを身に纏《まと》った私しか居なかった。

「あなたが……ゴルゴ……さん？」

と、警官が恐る恐る確認をとってきた。

決して、私の名はゴルゴではない。

「いいえ、違います」

と、言葉を発すると、百円オヤジは尚も
「喉を掴んで、片手でぶん投げてたよ」

と、意気揚々と語り始めた。

その説明では、明らかに悪役の所業である。

しかも、例のゴルゴの方に若干イメージが近寄った。

このオヤジの発言により、誤解を解く事も兼ねて私も証言せざるを得なくなった。


朝日を眺めながら警官により自宅前に護送される事となった。

他の乗客が痴漢の証拠の動画を撮っていた為、割と事はスムーズであったらしいが、それでも明け方までかかった。

因みに、ゴルゴちゃんとはオヤジの飼っているインコであった。

電車に乗ったら思わぬ事故にあった話

昔、電車に乗車した瞬間にバランスを崩し、ホームへと転倒しそうになった。

その場に居合わせた駅員によって支えられ無事乗車を果たし、感謝を伝えようと発車前に深々と頭を下げたその瞬間、電車の扉が閉まり私の頭は挟まれた。


その日私は、幼き日に「大きくなったら機関車ト◯マスになる」などと人面列車になる夢を語った事を思い出した。

時を経て遠からずも近からぬ何かになってしまった。

今思えばあまり叶ってほしくないタイプの夢が叶った。


折角助けられたというのに、目の前で再び窮地に陥ってしまった。

足しか見えぬが、駅員が身心共に停止している事が窺《うかが》える。

恐らくその心境は、今しがた助けた鶴が目の前で再び同じ罠にかかったものに近い。

この調子ならば恩返しに門前に着く頃には恩を返す人数が膨れ上がり、各家々に機織《はたお》り訪問をしなければならぬ運命を辿る事だろう。

鶴視点では、体毛の全てを失う前に早く襖《ふすま》を開《あ》けよと緊迫した物語と化す。

車両内が騒《ざわ》ついているのを背中に感じる。

申し訳ないと思いながら再び視線のみ駅員の方へ向けると、駅員はホームに膝を突き震えていた。

彼は己の職務を全うする為「ごめんなさい」と一声かけた後《のち》、私を救出しようと手を伸ばした。

しかし、まだ正気に戻りきっていなかったのか、扉ではなく私の頭の方を押し始めた。

しかも若干ネジの要領が適応され、微妙に回転がかかっていた。

「何故他の乗客は手を貸さぬのか」と心優しい方はお思いかもしれぬが、機関車ト〇マスで想像して頂ければ分かりやすい事だろう。険しい表情の人面列車の顔面を、駅員が泣きながら必死に押し込もうとしている様を目前《もくぜん》にして、共に顔面を押そうなどと思う者は稀である。

この状況で、すぐに行動に移せる者は余程行動力のある心優しい者か、過去に人面列車の経歴をお持ちの者かのどちらかである。

時間的にはあまり長くなかった事とは思うが、とてつもなく長い時間に感じられた。

夢は諦めなければ叶うというが、忘れられた夢が突如伏線回収されるなどと、昔の偉人達は私に教えてくれてはいなかった。

決して私は偉人ではないが、此処《ここ》に記しておく。

「忘れ去っていた夢こそ気をつけよ」

とりわけ、人面列車になりたいなどと幼少期に願っていた者は気をつけよ。

無事扉から解放されたが、駅員はしゃがみ込み自分の腕の中に顔を伏せていた。

こちらが謝罪の言葉を申すと、その体勢のまま手を横に振った。

電車は発車し、しゃがんだ駅員はそのまま横に流れていった。

振り返り車内を見回すと、乗客達はビクッと身体を震わせた。

気まずさを覚え、私はその後、電車の扉を至近距離で見つめたまま過ごした。

次の駅に着くまで、まだ時間は長くあった。

我が家の猫達と人間の話

我が家には怪我により保護された「うに」（現在推定九歳から十一歳）と、覗《のぞ》き見により保護された「ぺる」（現在推定五歳から八歳）という猫が二匹いる。

私は幼少の頃より犬と生活を共にしており、猫と暮らすというのは初めての事であり、驚きの連続であった。

——我が家の猫達と猫砂パッケージ

猫が来るにあたり、猫は犬とは違い常に室内でトイレを行う為、猫砂が必要となる。

そして大概その猫砂のパッケージには可愛らしい猫の写真が印刷されている。

「猫によっては、猫の写真が気になって落ち着かないものもいる」と聞いていたので見えぬようにしていたが、父は猫のトイレの至近距離にパッケージ面を置きがちであった。

気にしないだろうという父の考えと、猫達も気にしていないように見える事が原因である。

事実、猫のパッケージについてどうお思いか？などと二匹と話し合った事もなく、折角なのでそれとなく訊ねてみたものの、それぞれ何か見解を述べてくれていたようではあるが、私に猫語の履修経験が無い為に真意は不明のままである。

とはいえ、我々で置き換えるならば、自宅トイレに等身大のおっさんパネルが常に常備され、それと見つめ合いながらひとときを過ごすようなものである。

「全く気にならぬ」という者は、便座を中心に何体ものおっさんパネルに囲まれている光景を想像して頂ければ良かろう。

それを以《もっ》てしても構わぬという強靭な精神をお持ちの者は、確かにそれは素晴らしい事ではあるが、己の強さが全ての生物に搭載されていない事をこれを機に知り、我々のような者もいると頭の片隅に置いておいて頂けると有難い。

幸いな事に、父からはおっさんパネル一体の時点で理解を得る事ができ、無駄に脳内でおっさんを増殖させる事なく済んだ。

しかし、気を抜くと稀におっさんパネルが覗《のぞ》いている形になっているので、日々私が外出している時に、うにやぺるの生活を支えてくれている事に感謝しつつ黙って回転させている。

このように、自分だけではなく家族間での歩み寄りも必要となっている。

夏場の停電や、急な体調不良などを考えれば、家に人が居てくれる事は大変心強いものである。

しかし、環境が整っていたとしても問題は浮上するものである。

ある日、私は大腸内視鏡検査を受ける事となった。

――我が家の猫達と薬の奮闘

何もなければ即帰宅であるが、万が一ポリープなどが私の腸内に生えていようものならば医師により摘み取られ、最低でも一日強制入院となる。

「最低でも」という事は、腸に屈強なポリープが生えていた場合は、入院期間が長引く可能性もあるという事である。

そこで浮上する問題が、猫達の薬問題である。


うにには、毎日の薬の服用という課題がある。

うには慎ましやかで我が家には勿体ない程の良くできた猫である為、シリンジから直接液体状の薬を飲んでくれるが、問題は私からではないと断固として飲まぬという事であった。

おやつに混ぜれば説得の末に稀に食べる事もあるが、現在減量中である事と、そもそも殆どの場合は混ぜ物がしてある時点で異物混入に気がつき
「何故こんな事を……」

と、目の前で味噌汁にカリフラワーが投入された時の私と姉のような表情を表す。

時を経て幼少期のあの衝撃を追体験する事となるとは思わなかった。

しかし、その心情は大変お察しする。

獣医師に、もしかしたら入院となり、看護師の目を掻《か》い潜《くぐ》り脱走でもしない限りは薬を飲ませる事ができない事と、万が一に脱走を果たしたとしても、各所多大な御迷惑をおかけした果てに、道中で尻から血を流し絶命する壮絶な最期を迎えるかもしれぬ旨を話すと

「状態も良いし、命にかかわる薬じゃないから、くれぐれも脱走はしないでください」

と、安心のお言葉を得た。

往診や、連れて行けば薬を飲ませてくれたりする病院などもあるので、同じような悩みをお抱えの者は是非脱走を企てる前に獣医師に相談すると良い。

結局は有難い事にポリープは生えておらず、入院せずに済み事なきを得た。

薬関係でいえば、ぺるも非常に頑張っている。

ぺるは常時飲む薬はないが、猫エイズの影響でよく結膜炎を発症する為、しばしば錠剤を飲んでもらう事がある。

ぺるの方は、食事前ならば砕いておやつに混ぜれば、ほぼ間違いなく食べてはくれるが、健康面で控えたいところがある。

どうにもならぬ場合のみ、苦肉の策としてその方法を用いていたが、その際に物陰からじとりとうにの視線を感じたりなどしていた。

ぺるも、私のような者達が集《つど》う一族には勿体ない程の気の良い優しい猫であるが、錠剤を口に放り込む際は、「猫の足は八本であったであろうか」という程の抵抗を受けた。

どう飲んでもらうかと頭を悩ませていたところ、以前に動物病院で

「猫に市販の爪とぎを使ってもらうには、猫の目の前で爪とぎを引っ掻《か》く真似をしてお手本を見せると良いですよ」

と、教わった事を思い出した。

私が手本を見せる事によって安心させようと、私はぺるの前で正しい薬の飲み方を再現する事にした。

ぺるに見えやすいよう畳に這いつくばり、自身の両手で上唇と下唇を開き、その後片手を離しラムネを投入した。

それを何度か繰り返し見せていたところ、ふと襖《ふすま》の方を見ると、母の来客の親子と目が合った。

たとえ自宅であっても襖《ふすま》は全開にすべきではないと、私は過去の数々の失態から学んだ筈であるのに人間とは歴史を繰り返す生き物である。

畳に這いつくばり奇抜な口の開け方をし、怪しい錠剤をゆっくりと飲み込む様は、明らかに手遅れな常用者による法に触れる服用現場であった。

私はこの親子と目が合った事に狼狽《うろた》えラムネが変なところに入り、四つん這いで大きく身体を揺さぶり苦しむ様を見せつける事となった。

トラウマになりかねぬ光景であった。

猫に正しい薬の飲み方を教えるつもりが、人間に違法な薬の危険性を訴える結果となった。

危うく通報案件である。

何とか誤解を解いたが、その後も私に向けられる眼差しは化け物でも見るかのような恐怖の色を含んでおり、気を抜いたら再びあのようになるかもしれぬという警戒の念が窺《うかが》えた。

我が家でラムネ乱用の禁止令が下された。

手本を見せる事は諦めざるを得なくなってしまった。

どうにかできぬかと薬を片手に持ち、何となくぺるをお気に入りのタオルで巻いてみたところ、巻かれる事はやぶさかではないのか、すんなりとマトリョーシカのようになった。

しかしそれで終わる事はなく、ぺるの口に錠剤が近づく事となる。

事態に気がついたぺるは、此処《ここ》でようやく抵抗の意を示し

「わあああ、やめろおおおお」

と、大口《おおぐち》を開け拒否したので、すかさずそこに錠剤を投入したところ

「あれ？今、何かしました？」

という顔をし、おとなしくなった。

これを繰り返し乗り切るようになった。むしろ錠剤よりもその後に水を飲ませる事の方が苦労を要したが、そこは辺り一面の畳と私を潤わせながら何とか乗り切った。

そんなぺるも、うにが薬を飲んでいる様を見て学習し、今や嫌々ながらも飲んでくれるようになった。私よりも遥かに優秀な手本が身近にいた。

しかし、飲み終わるとわざわざ視界に入ってきては尻を向け、私が見ているか確認しながら短い尻尾をピコピコと振り「不快でした」と意思表示をしている。

このようにして、一部私の中で人としての何かを犠牲にしながらも、薬問題は解決した。

――我が家の猫達と猫道

種族の違う生き物と暮らすという事は「生きるルールが全く違う者同士が共に生活をする」という事である為、こちらの思い通りにならぬ事が多いのは当たり前である。

うには爪とぎ以外で爪を研ぐ事もなく、あまり猫らしい悪戯をする事がないので油断していたが、ぺるは襖《ふすま》を剥《はが》し障子に穴を開けたりなどしており「猫とはこうであった」と我々に一般的なイメージの「猫」を刻んでいる。今もパソコンの横でこちらの様子を窺《うかが》い

「@[[[[[[[[[[[[[[[[[]90000000000000000000000000000000000000000000njh21s　」

などと、キーボードに打ち込もうとしている。（実際以前にぺるがパソコンに打ったものをコピーペーストしている）

パソコンの件は、別にハッキングをし始め世間を震撼させた訳でもないので元々《もともと》構わぬとして、障子などは生きるルールが違うのだから仕方がない。

どうしても困る事は、獣医師と相談しながら長い目で共に解決策を練っていく事が大切であると思っている。

因みに我が家は、懇々《こんこん》と説得を試みたところ以前ほど障子などは破らなくなった。

しかし、そんなぺるにうにが触発されたのか、私の目の前で稀に襖《ふすま》に手をソフトタッチさせる場面が見受けられるようになった。

「いけないのでは?」と声をかけると、どこか満足げな顔をして、そっと襖《ふすま》から手を離す。

ふと気がつけば、自室の土壁に三本控えめな線が残されていた。

古代ウニャーマル族の幻の壁画として大切に保管している。

――我が家の猫達と人間

どの生き物にも言える事であるが「こちらの都合で、こちらの生活に合わせてもらっている」という事を我々は忘れてはならない。

しかし、互いになるべくストレスが掛からぬよう、暮らしやすくするにはどうすれば良いかを専門家に相談し考える事は重要であり、そこがまた楽しくもあるのである。

そんな事を繰り返し、二匹との生活に慣れてきた頃であった。

柔らかな日差しが注ぐ部屋の中で、うにが私の姿を確認すると起き上がり、目を細めながら一声鳴き歩みを寄せた。陽の光に反射した橙色と白色の毛並みが目に心地良く、頬を撫でると穏やかに目を瞑《つぶ》った。

何となくそのまま撫でながら横になると、ぺるが近寄り私の腕に頭を乗せ、気持ちよさそうに寝息をたてては、時折小さな手で私の服をきゅっと握る。

きっとこの瞬間が、幸福で穏やかな記憶として私の中に一生刻まれる事だろう。

そして、幾度《いくど》となくこの記憶が私の胸を締め付けもすれば、大きな支えともなる事だろう。

今、この一瞬ですらも、一つ一つが思い出となってゆくが、どこの犬や猫や生き物達にも、その周りに居る人間達にも、穏やかな記憶が一つでも多く溢れるよう心から願っている。

あとがき

日頃より皆様が読んで下さり、そして一冊目を手に取って頂いたおかげにより、二冊目を発行するに至った事、本当に感謝してもしきれぬ思いである。

返せるものが文章しかない為、せめて少しでも楽しんで頂きたいと試行錯誤し頭をひねっていたところ、母が私の部屋に興奮気味に現れ

「凄く大きいヘソのゴマが取れた」

などと、こちらの集中力を欠いてきた為、より事態は錯雑《さくざつ》した。

日頃より支えて下さっている皆様は勿論の事、たまたま本書を手に取った皆様にも、そのご縁に大変有難い気持ちである。

読んでくださる皆様、親しい人に薦めてくださった皆様、イラストの栖周氏、校正、編集、営業、デザインと、多くの方々の尽力のもとに本書はできたものであり、何かを創るに当たり様々な人の手に渡り一つの形となっていく事の感動を痛感している。

街中の商品の一つ一つもこのようにしてできているのだと思うと、視界が彩り豊かに見えてくるものである。

何となく「電車」というワードに惹かれ手に取ったそこのあなたも、一部不安は残るものの、視界が彩り豊かなうちにレジへ向かってくれれば私は狂喜乱舞の思いである。

また、文章で得たものは、うちの猫達に何かあった時の為の「猫貯金」をメインとし、あとは保護団体への寄付、そしてたまに私が甘い汁の残り汁を吸わせて頂いている。

聖人君子のような使い方をしている訳ではないが、皆様のおかげで保護を必要としている生き物達に微力ながらも貢献できた事をお礼申し上げる。

本当に有難うございます。

やーこ

あとがき

読者の皆様、こんにちは、栖周《すみあまね》と申します。
やーこさん、二作目の刊行おめでとうございます！
今回は電車の話が多いという事で思い出話を一つ。
私が初めて電車に乗ったのは十才の京都旅行。
気が付いたら得度（お坊さんになる事）してました。

電車に乗るために車で二十分かかる所に住んでいた為
買い物などは駅に着く前に終わり、遠出をする事もほぼ
なかったので電車に乗るという事は非日常的な人生でした。
本作を読んで、もし日常的に電車に乗る生活をしていたら
こんなに楽し……もとい、恐ろしい目にあっていたのか
と錯覚しかけたところです。

閑話休題。

今回もイラストを担当させて頂きました。
やーこさんの投稿に出会って間もなく二年。
その間、ほぼ毎週感想絵を描き続ける事が出来たのも
ひとえにやーこさんの作品のパワーと
絵に反応を下さる皆様のおかげです。
願わくばこのご縁がまだまだ続きます様！

やーこ

日常に転がるちょっとしたトラブルを、ドライブ感あふれる筆致でユーモアたっぷりに描き、Xやnote、ブログで配信中。抱腹絶倒の展開と劇的なオチの真偽は定かでなく、謎多き存在だが、その世界観に魅了されるファンが増え続けている。2023年5月に『猫の診察で思いがけないすれ違いの末、みんな小刻みに震えました』（KADOKAWA）でデビュー。

X：@yalalalalalala
note：https://note.com/8_5_
ブログ：「やーこばなし」https://yalalalalalala.livedoor.blog/

栖　周

1980年生まれ、島根県出身。雲南市の真宗大谷派寺院住職。見た人が笑顔になるようなイラストが描きたくて日々精進中。XやSUZURI、pixiv、Skebに作品を投稿している。

電車で不思議なことによく遭遇して、
みんな小刻みに震えました

2024年　4月 24日　初版発行

著　者　やーこ
イラスト　栖　周
発行者　山下 直久
発　行　株式会社KADOKAWA
〒102-8177 東京都千代田区富士見2-13-3
電話 0570-002-301（ナビダイヤル）
印刷・製本　株式会社 暁印刷

お問い合わせ
https://www.kadokawa.co.jp/
(「お問い合わせ」へお進みください)
※内容によっては、お答えできない場合があります。
※サポートは日本国内のみとさせていただきます。
※Japanese text only

定価はカバーに表示してあります。

ISBN 978-4-04-114848-8　C0093